©김정식

눈과 열차

눈보라를 뚫고
밤열차가 달린다

인적 드문 아주 먼 어두운 골짜기까지
저 열차는 외로운 마음들을 싣고 갈 것이다

헐벗은 숲에서 눈을 맞을 멧새들은
어느 먼 숲에 서성이는 마음을 두었을까

한 마음이 한 마음을 향해 뒤척이다 어둠자
퍼붓는 눈

마음 둔 곳을 찾아가는 사람들이 있어
눈보라를 뚫고
여섯 량의 갈기 푸른 말이 달린다

이천십일년 봄 이선식

시인선 0130

시간의 목축

시작시인선 0130
시간의 목축

찍은날 ｜ 2011년 5월 25일
펴낸날 ｜ 2011년 5월 30일

지은이 ｜ 이선식
펴낸이 ｜ 김태석
펴낸곳 ｜ (주)천년의시작
등록번호 ｜ 제300-2006-9호
등록일자 ｜ 2006년 1월 10일

주소 ｜ (우110-034) 서울시 종로구 창성동 158-2 2층
전화 ｜ 02-723-8668
팩스 ｜ 02-723-8630
홈페이지 ｜ www.poempoem.com
전자우편 ｜ poemsijak@hanmail.net

ⓒ이선식, 2011. printed in Seoul, Korea

ISBN 978-89-6021-158-2 03810
　　　978-89-6021-069-1 (세트)

＊이 책 내용의 전부 또는 일부를 재사용하려면
　반드시 저작권자와 (주)천년의시작 양측의 동의를 받아야 합니다.

시간의 목축

이선식 시집

2011

부유하던 것들이 침전되고 발효되어
주정처럼 솔솔 향기를 피울 때
마침내 너는 온다.
어떤 양식으로 존재하던 이 느린 보폭으로 건너가
너를 만날 것이다
너에게 가는 일이
자유를 향한 오체투지라고 믿기에.
하여, 종국에 나는
자유를 친친감고 죽을 것이다.

참 더디고 더디다
어떤 땅이기에 다 늦은 계절에 꽃 기별인가
그러나 그 열매는
달고 시고 쓰고 짜고 매운 맛의 오미과(果)였으면 좋겠다는
생각.

저기, 자벌레처럼 느리게 느리게
나무다리를 건너가는 이가 있다.

2011년 5월 이선식

■ 차 례

■해 설

근원적 기억을 통한 성찰과 사랑의 언어

눈과 열차

눈보라를 뚫고
밤열차가 달린다

인적 드문 아주 먼 어두운 골짜기까지
저 열차는 외로운 마음들을 싣고 갈 것이다

헐벗은 숲에서 눈을 맞을 멧새들은
어느 먼 숲에 서성이는 마음을 두었을까

한 마음이 한 마음을 향해 뒤척이다 어둡자
퍼붓는 눈

마음 둔 곳을 찾아가는 사람들이 있어
눈보라를 뚫고
여섯 량의 갈기 푸른 말이 달린다

바위의 식사

오늘 혹서의 절정에 잔디밭에 물을 주고
바짝바짝 마르고 목이 타들어가는 바위에게도 물을 주고
나도 이렇게 애착이가고 사랑하는 것들이 있다고 흡족
해하며 평상에 앉아있다

바위 위 우묵한데 고인 물을 들여다본다
파란 하늘이 비치고 나뭇가지가 들어왔다
바위도 흡족해 하는 표정일까
주름치마처럼 커튼처럼 오물거리는 이 없는 입처럼
고인 물이 물의 표면이 흔들렸다

내려 쬐는 햇볕에 자작자작 물이 마르고
무슨 그리운 것이 있나 반나절 째 나는 물의 표면을 바
라보고 있다
바위는 자신의 견고한 생각으로 파란 하늘과
이파리 무성한 나뭇가지를 세밀하게 궁구하는 중인지
지그시 눈을 감고 오물오물 오물오물

이윽고 하늘도 나뭇가지도 바위 속으로 다 들어갔다
한나절을 다 채우고

바위의 긴 식사가 끝났다

두부

객지, 바람 찬 하늘을 날다 돌아오면
덩그마니 혼자 기다리는 식은 둥지는 쓸쓸하다

어미들은 무슨 저 지은 업갚음이라도 하는 것처럼
장성한 새끼에게도 죽는 날까지 젖을 물려야 한다고 생
각하는지

해는 이제 겨우 앞산 솔가지에 눈곱을 떼는데
식전바람에 한데 나가 찬물에 손을 담그고 콩을 씻는다

한쪽 가슴을 잃고 하나 남은 가슴마저 말랐으니
물릴 젖이 없으니 콩을 가시는 거다

잉걸불 같던 가슴도 식어 이젠 불씨마저 가물가물
그러니 가마솥 아궁이에 불을 넣으시는 거다

뿌옇게 펄펄 끓는 저 유정(乳井)
간수를 붓고 휘휘 저으니 몽글몽글 유선(乳腺)처럼 뭉치
는데

함지 가득 부풀어 오르는 가슴이다

식기 전에 어여 먹어라!

유암(乳癌)으로 한쪽 가슴을 잃은 어머니가
오늘은 남은 한쪽마저 대접에 담아 내 앞에 건넨다

반듯하게 각을 세운 가슴을 숟가락으로 푹푹 떠먹는
아침

저물어가는 황혼, 당신의 가슴을 헐어
오늘도 한 켜 또 한 켜 내 안에 옮겨 쌓는
어머니의 건축은 아직 끝나지 않았다

낙타를 타고 간다

차량들 전속으로 질주하는 도심의 갓길
작은 오토바이 꽁무니에 리어카를 매달고
명사산 산자락 멀고 먼 집을 향해.
오토바이 위엔 아들이
리어카엔 아버지가 타고 간다.

애야, 천천히 가거라
아무리 빠르게 달려도 시간을 앞지를 수는 없다.
예, 알았어요. 아버지
근데 사람들이 우리를 자꾸만 쳐다보잖아요.
그리워하는 거지, 천천히 가는 법을 잊어버린 사람들의
향수 같은 거다
　수레를 타고도 이웃들과 너무 쉽게 멀어진다고 생각하
던 시절 말이다
　사막에서 아름다운 풍경이 되어준다는 건 즐거운 일이
잖니
　보아라 애야, 사람들은 너무 쉽게 만나고 헤어지는구나
　놀란 눈으로 바라보는 바람에게 내 훗일을 부탁해
　지전 한뭉치의 시간을 지불하고 날개를 흥정하고 있구나
　번데기도 되기 전에 성충을 꿈꾸는

단단한 껍질에 싸인 애벌레 같지 않니?
난, 이렇게 세상 끝까지 너에게 실려갔으면 좋겠구나.
그런 말씀마세요. 아버지
제 꿈꾸는 바퀴를 굴려 아버지를 세상 끝으로 데려간다
는 건 끔찍해요
끝이란 건 희망의 밭 한뙈기마저 사라져버렸다는 말이
잖아요
전 아직 아버지의 깊은 보습으로 갈아야 할 커다란 밭
인걸요.

챙 넓은 밀짚모자 아래 붉게 노을진 아버지
밭이랑을 타고 흐르는 석양의 웃음이 넉넉한 저녁
남루가 주는 고단함과 흙냄새가 고봉밥 떠오르게 하는
낯선 별에 품앗이 다녀가며 쌍봉낙타를 타고 사막을 건
너는
아버지와 아들 도란도란 먼 세상 이야기하며
오래된 토장국 끓는 집으로 간다.

농부

바람의 이랑에 씨 뿌려 가꾸는 나는
구름작목반 농부
호박 같은 구름 한 덩이 꿈 밖으로
궁굴려 나오는 궁리 중이다

눈 쌓인 논배미 아래 낮은 언덕길을
빵모자를 쓴 사람이 걸어간다
머리만 보인다
보는 사람 없는 이 틈에 공이나 굴려볼까
제 머리를 공 굴리듯 굴리고 간다
털실뭉치가 언덕을 굴러가는데
눈 하나 묻지 않는다

저 이는
햇빛과 바람과 하늘의 물꼬를 터
공중에 빚어 거는
호박작목반 농부다

누가 이 엄동에 추수를 하나
실한 알곡들

또 다시 함박눈 내린다

시간의 목축(牧畜)

청구서가 구인영장처럼 들러붙은 서류를 받아들고 끙
끙거리다가
사무실을 나섰다
어딘가에는 시간의 출구도 있긴 있을 것이란 생각이 들
기도 하다가
사랑을 만날지도 모른다고 거리를 배회하는 개처럼
걷게 하는 건 생에 대한 애착인가
소 엉덩이에 말라붙은 소똥처럼 시간의 엉덩이에 눌어
붙어 있는
이 난감한 생의 한 구간을 나도 누구에겐가 결재 올리
고 싶어졌다

매봉역에서 양재역을 지나 강남역까지 목적 없이 걸었다
시계를 빠져나온 시계바늘처럼
그 거리를 시간으로 환산하는 디바이더
두 다리가 시계바늘처럼 째각째각 걸어간다

리어카 위에서 하늘로 뻗은 다리들이 양재역에 도착하는
바람 속을 걷고 있었다

봄이 오고 있었다
봄, 분 냄새를 풍기는 시간의 유혹
마치 어느 신이 자신의 정적 속에서 꺼내놓은 것처럼*
봄은 신행길처럼 찾아오지만
기억의 가시 끝에 피는 꽃처럼
주기적 통증 같은 것

저 생명보험 출구에서 흘러나오는 시간이 보이지
걱정하지 마라 저 시간이 너를 지켜줄 거야
푸르덴셜생명 앞에서 콧수염을 기른 아버지가
무표정한 얼굴로 늦둥이 아들의 손을 잡고 서 있는 것
을 보았다

호명처럼 햇빛의 손끝이 닿는 곳마다 나무껍질 속에서
스멀스멀 알에서 깨어나는 시간의 번식처럼
톡톡 터져 나오는 꽃들
태양은 모든 사물의 실존을 그림자로 기록했고
산고(産苦)속에 태어난 하루 또 하루
삶은 한 발짝씩 죽음 쪽으로 진화해 나아갔다

강남역 부근에서 하반신에 타이어를 입고 기어가는
수평의 시간과 나의 직립의 시간이 교차했다
교차하는 시간의 현에서는 비파소리가 났다

현이 울 때 내 질투가 낳은 불평의 도끼가 발등에 떨어
졌다
네 불평은 목초지의 무성한 풀이 발목에 감긴다는 것

세상을 움직여 가는 것은
방마다 걸려 있는 저 둥근 시간
모두들 시계바늘이 가리키는 방향에서 기계처럼 작동
했다

주인의 가축들이 우리로 돌아가는 저녁
목초지에 풀어놓은 양(羊)처럼 나는
시간의 우리 안에서 억센 고뇌를 우적우적 씹어 먹었다

＊막스 피카르트 「침묵의 세계」에서 인용

노을

밤낭구 속으로 들어간 해가
잔가지에 걸려
버둥거리는 동안

까치가
노른자 같은 해를
콕 콕 콕

쪼아 먹는다
터진 노른자 줄줄 흐른다
눈 위에 번지는 파동
금세 한 골짜기 붉노랗게 진동한다

두리반처럼 둘러앉는 산그늘
하루가 빈 양푼 같다

프랑스산(産) 감기

파리를 떠나면서 아무래도 뒤춤이 이상했습니다.
누가 뒤를 밟는 것 같기도 하고 보이지 않는 어디서
나를 노리는 눈초리가 있는 것 같기도 했던 것입니다.
파란 눈에 노랑머리, 시치미 떼고 딴청부리던 그 여자
아무래도 눈치가 이상하던 그 여자였을까
서울에 도착하여 경계심의 긴장을 푸는 순간
누군가 나를 송두리째 차지하고 있다는 걸 알았습니다.
염치가 없어도 아주 후안무치한 계집임에 틀림없었습
니다.
얼굴 한번 보여주지 않고 숨어서, 저로 인한 열병을 앓
게 하고
제 생각으로만 몽롱함을 허락하는 편협한 이기주의자
그 고약한 성질머리로 보아 내 집에서 금방 물러날 것
같지 않습니다.
기력이 쇠잔해져 밤이 더 이상 밤으로의 의미가 없을 때
바람난 건넌 말 곱분이처럼 가방을 싸겠지요.
또 어느 얼빠진 사내놈을 골라 뻔뻔스럽게 안방을 차지
하고 가방을 풀 겁니다.
샘처럼 맑은 물이 펑펑 솟아나는 것이 내 코는 마치
센 강의 발원이라도 되는 것 같습니다.

성질머리 고약한 그녀가 기어이 멀쩡한 수도꼭지를 뽑
아버리고만 것입니다.
프랑스산(産)이 틀림없는 그녀가 언제 내 꽁무니를 밟아
따라왔는지
고려종 맛을 한번 보겠다는 말인데
어젯밤에는 내 입술을 사정없이 물어뜯어놓고는
심드렁한 나를 재밌어라 들여다보는 그녀를 보고
나도 생각한 바가 있습니다.
뜨거운 방에서 왼 종일 이불 뒤집어쓰고 그녀를 뜨겁게
사랑해주자
그러면 “어, 이 물건 웅녀 잡았다는 변강쇠잖아!”
그길로 줄행랑을 칠지도 모르지요.

데자뷰(Deja Vu)

동해바닷바람이 등을 떠밀었던가
이생의 지도엔 없는 첫길의 좁다란 마을길
지나 다다른 석병산 어느 골짜기
희미한 안개가 숲과 계곡에 얇은 커튼처럼 드리웠다
산괴불주머니꽃이 지천으로 피어있었고
산비가 내렸다

갑자기 뺨에 물길을 내며 흐르는 소천(小川)
영문모를 참을 수 없는 슬픔이 둑을 넘었다

어느 한 생이 찾아낸 흙냄새와 풍경의 기억

내 생에도 지복처럼 꽃피던 때가 있었으니
업장을 씻는 날개가 되어 천공의 길을 닦던 날들이 있
었다
이 푸른 물방울별의 궁륭 위를
비취빛에 취하며 꿈꾸듯 날아가곤 하였다
툰드라에서 아르헨티나로
히말라야를 넘어 파미르로
다시 고비를 가로질러 마침내 반도 땅 해뜨는 아침

거기서 난 천공의 마지막 길을 내려놓았다
향기로운 흙이 산파처럼 나를 받아주었다

몇 만 생을 건너와
늙은 느릅나무 앞에
내가 내 무덤 앞에 선 날이다

은화식물

그때 나는 봄이 금지된 대지였다
언 밥처럼 차디찬 내용으로 가득한
일기장에서조차 눈보라가 일고
페이지마다 결빙뿐인 날들이 몇 권의 서책처럼 쌓였다

문밖에서
눈사람의 심장도 뛰게 할 것 같은
냉골의 구들로 들어오는 온기와도 같은
기척이 있었다

주소도 없이 용케도 찾아와
무서운 눈보라예요
겨울은 참을 수 없는 긴 신호등 같아요
눈을 털며 연둣빛 웃음을 보이던 계절
침묵과 긴장을 강요하는 삶의 행간에
영탄의 등을 매다는 감탄사처럼
꽃들이 피어났다

하지만 넌 얼마나 성급한 계절이었던가
왜 꽃들은 시간과 입맞추는 순간부터

빛바랜 빨랫감처럼 시들어 가는지
벗어던진 속옷처럼 흩어져 뒹구는
식어버린 꽃잎들

기쁨이 슬픔의 마디라는 걸 왜 몰랐을까
꽃을 여윈 식물이 숙명처럼 마디를 향해
다시 슬퍼지는 시간

불에 덴 자국처럼 꽃 진 자리는 아직 욱신거린다
슬픔처럼 멍울이 툭툭 불거지는 나무는
한 번 더 폭죽 같은 꽃을 터뜨리는 날은 오리라
가지는 너의 기적을 향해 무성하다

마차재

차를 밖으로 내동댕이친 길이 다시 죽은 시늉하며 먹이를 기다리는 뱀처럼 엎드려 있다. 눈 내린 커브길 개천 쪽으로 떨어져 뒤집힌 납작해진 승용차에는 인기척이 없었다. 구겨진 채 구겨진 차에 짓눌려 있을 사람들은 다시는 은빛 주로를 달릴 수 없겠구나. 도로는 가끔 꿈틀, 차들을 길 밖으로 퉁겨낸다.

터진 배로 흘러나온 양서류처럼 도로가 쏟아놓은 배를 까고 누워 있는 차, 누군가 잃어버린 신발 한짝, 비극의 언저리는 지극한 평온의 설원이다. 비극은 언제나 지극한 평화로움에 눌려 있는 용수철처럼 더없이 만족스런 일상의 중심으로 솟구친다. 마차재 곰보할머니 끓여낸 두부찌개는 핏물에 뇌수를 띄운 것이었다. 몇몇 트럭운전수들이 들어와 김치찌개 갈비탕 제육볶음을 시킨다. 그 모든 음식들이 금방 저며낸 인육들이 아닌가, 어찌된 영문인지 인육을 먹는 한통속들이 꾸민 음모 같다. 부른 배가 비정함의 혐의가 된다.

트럭운전수들 시시덕거리며 엄살을 떨어가며 꿈틀거리던 눈 고갯길 애기를 한다. 황지 어디쯤일까 정선 아우라

지 어디쯤일까 억양이 등에 쫓는 쇠꼬리다. 동부시장 아
리랑집 물이 좋다는데, 에펜네들 물이 오를 때가 됐지! 마
차재 발치의 비극은 금방 잊혀졌다. 지스랑물 주룩주룩
흘리는 지붕만이 슬픔의 주인이다. 지금쯤, 그들이 찾은
세상의 출구에서 사람들은 아무 일도 없었다는 듯 태연히
문고리를 안으로 잠그고 출구의 흔적을 지웠을 게다.

꽃피기 위해 오는 별

한낮의 소음 속에서도 아른아른 빛 뒤에서 걸어오는 발
소리
밤이 되면 숨어있던 발자국들이 제 얼굴을 꿈꾸듯 꽃핀
다. 별,

이 별엔 하루에도 수 천 톤씩 우주먼지가 쌓인다는데
빛에 실려 오기 위해 아주아주 작아져서
꽃피기 위해 이 별에 오는 거다

그러므로
꽃만 꽃이 아니다
너도 나도 꽃이다

여기가 거기인줄도 모르고 천국을 간구하는 사람들 속
에서
단박에 꽃인 줄 알아본 너와 나

서로 다른 별에서 왔을 우리가
마주선 꽃인 동안

사랑해, 사랑해, 사랑해,

가슴속 그 기적 같은 향기를 길어
세상을 온통, 물들여놓고 가자

세상에 없는 의자

큰소리로 떠드는 저 사람은 이혼 후 혼자 사는 남자다
넉넉한 자유가 생의 목을 조여 온다고 어색하게 껄껄거
리며 웃는다
과장된 목소리와 과장된 웃음엔 감추고 싶은 뒤꼍이 숨
어있다
실패한 사람들에겐 대개 자조보단 울분이 더 많다
예쁘장한 여종업원들은 벌건 울분에게도 꽃처럼 웃어
주었다

대지의 모든 돌기들을 온몸으로 쓸며 또 하루가 간다
칵테일 바에 앉아서 그 의자에 몸을 부리고
사랑을 슬픔을 증오를 연민을 무의미를
가지각색의 삶의 독주들을 넘기던 사람들
그들이 온몸으로 밀고 왔을 생의 골목들을 기웃거리다
돌아온다
양재천 무성한 억새 위로 밤의 눈동자들이 다닥다닥 맺
히는
자정의 둑방길 걸으며
장삼이사 삶의 무게를 받아주던
곡절의 기억을 전해주던 의자를 생각한다

억새들은 무슨 까닭으로 바람의 말에 고개를 끄덕이나
바람의 무릎에 난 상처를 보았는가
나는 보따리만 한 이 생도 너무 무거워서
칵테일 바 의자에 몸을 부리고 생의 수위를 들여다보곤
하였다
바람의 말을 경청해주는 억새들은 바람의 의자이다
의자들 위로 상처의 자루들이 과적처럼 얹히는 밤
달맞이꽃도 독수공방 달 없는 밤을 견디고 있었구나

사람들이 돌아간 후 둘씩 포개져 서로 의자가 되어주는
의자들처럼
나도 누군가의 근사한 의자가 되고 싶었다
그가 떠나고 아를의 좁은 방에 남겨진 의자는
의지할 친구라곤 적막뿐인 방에서 혼자 슬픔을 견뎠을
까?
풀밭에 버려진 의자 위에 지금은
어둠이 펑퍼짐한 엉덩이를 걸치고 있다
여태껏 세상에 없는 의자인 채로 나는
무슨 거창한 의자가 되겠다는 건지

스스로 의자가 되지 못하는 자는
강대나무처럼 선채로 말라죽을 것이다

비에 젖다

비가 오면 나는 젖는다.
온몸으로 비를 받아들인다.
지상의 모든 것들이 젖고
섣불리 날던 새들도 모두
둥지 속에 깃들 때
젖는다는 건

까맣게 잊고 살았던 자신의 방으로
돌아온다는 것이다.

어두운 방으로 돌아와
거미줄을 걷고 때묻은
창문을 닦는 것이다.
조신하고 앉아서
거울 속에서 내다보고 있는
표정 없는 사람과 바라보기를 하는 것이다.
모든 것이 가라앉고 시간의 흐름마저
고요해질 때
떡잎을 열고 발아하는
무독성의 새순과 만나는 시간이다.

태백 가는 길에

온 세상이 안개에 갇혀 있었지요.
겨울의 안방에 다정했던 친구처럼 봄이 마실을 와 있었
습니다.
성미가 꽤 급한 친구인 것만은 틀림없는 것 같았습니다.
겨울은 만신창이가 된 몰골을 애써 감추지는 않았지만
어서 돌아가 주기를 내심 바라고 있는 눈치였습니다.
는개는 내리고 녹지 않은 눈들이 군데군데 남아서
주소불명 된 계절의 문패를 달고 있었습니다.
식은 땀처럼 녹아내리며 안개를 만들기도 했지요.
개울가 톱니 같은 얼음의 이빨 사이로 흐르는 시냇물은
물안개를 피워 올리며 어딘가로 한사코 가기만 하는
누군가의 뜨거운 마음처럼 흘러갔습니다.
안개에 아랫도리를 감추고 있는 산들은
하늘에 떠 있는 섬처럼 아름다웠지요.
사람마다 가슴속에 품고 있는 이어도,
가 닿아야 할 섬이 저런 모습이리라 생각했습니다.
세상은 저렇게 많은 섬으로 이루어져 있을 거란 생각과
깊이를 알 수 없는 안개의 바다를 건너야 마침내
아름다운 섬에 닿을 수 있다는 것을 깨달았지요.
운무에 가려진 집들은 알 수 없는 만큼 아름다운 섬이

었습니다.

　나무들은 안개가 지어준 속살이 훤히 비치는 옷을 걸치고

　세상을 유혹하고 있었지요.

　나는 그 풍경의 한가운데를 긋고 한 마리 비오리처럼 날아갔습니다.

II

적막강산

아무도 없는 방에 혼자
우두커니 앉아 있으면
아무도 없는 줄 알고 햇살이
고요한 방으로 들어와
소파에 탁자에 책상 위에
가만히 드러눕는다
창문에 재단되고 나뭇가지에 찢어진 얼굴로
슬그머니 대열에서 이탈한 햇살
소리 없이 뒤척이다가
또 조용히 일어나 방을 나가
일행의 후미를 따라 간다

휴일 날 나를 풀어헤치고
곧추선 신경의 심줄을 놓으면
궤도를 벗어나 의지 없이 떠도는
삶으로부터의 유랑, 그때
나는 어느 창문을 슬그머니 넘어
누구의 방에 잠시 머물다 오는가

꽃샘추위

아파트담장에 기대선 목련이 다시 움모 속으로 숨은 날
이 어두운 도시에 누가 갖다놓은 황야인가
어둡게 걸어가는 사람들은 바람보다 차가웠다
하늘은 삶이 얼마나 많은 신산(辛酸)의 고개를 넘어야
푸른 날을 꺼내줄까
바람의 옷솔기속에선 언뜻언뜻 어제에 묻힌 날들의 슬
픈 얼굴이 보였다

별을 따다주마! 별밭으로 간 아버지는 영영 돌아오지
않고
가슴에 바람만, 차디찬 바람만 쌓이던 어머니는 몸 안
에 병의 신전을 지었다

까무룩 꺼져 내리는 저의 잠 속으로
철 이른 나비 날아드는 봄밤
아파트담장 옆에 웬 일찍 핀 개나리 같은 계집애 하나
커다란 함지에 귤이며 딸기 오렌지를 담아놓고
희미한 가로등 아래 서서 자고 있다
횡단보도 신호등은 깜박이며
세상을 세우기도 보내기도 그 뜻에 거침이 없는데

누가 세상을 통째로 저 눈꺼풀 위에 올려놓았나
교복을 입은 채로 서서 자고 있는 과일 파는 소녀
함지 속 과일들은 서로 닮은 오누이처럼 머리를 맞대고
행인들을 올려다보며 잡히지 않는 바짓단을 향해
헛손질만, 헛손질만 하고 있었다

몽환(夢丸) 한 알 주세요!

오늘도 비포장 궤도를 덜컹거리며 가는 이 별

고무신을 거꾸로 신고 걸어간 아이처럼
발자국은 분명 온 것이라고 말하는데
아이가 사라졌다
세상의 막다른 골목에선 목숨을 환전하겠다고
뜬돌의 쇄편들이 악몽처럼 날아다녔다
사랑은 과거에 의미를 두지 않는 거야 어쩌구 하며
널 사랑해! 라고 말하던
미로가 꼬리처럼 붙어 있던 여자가
세상의 안구를 찌르고 멱목을 씌워 영혼들의 영지로 보
낸 날
세상에는 검은 비가 내렸다

악몽은 전파를 타고 실시간으로 배달되고
신문들은 언제나 조금씩 더 끔찍해지는 사건을 기다렸다
사랑이 세상의 길을 내는 거라고 생각하던 시절이 있었
으나
몇 세대 전 유행처럼 낯선 패션이 되었다
사람들이 세상을 살아가는 방식은 세상의 길보다 많았다

　그 모든 길에서 마차를 끌던 얼굴 없는 마부는 불안의
그림자였다
　생활의 바람벽엔 세상의 불안과 우울이 검은곰팡이처
럼 피어나고
　그 위에 다시 꽃무늬 벽지를 바르듯 꿈을 주문해야 한다

몽환(夢丸) 한 알 주세요!
꿈꾸는 알약을 먹고 잠이 들면
믿음이란 한낱 뒤집히는 가랑잎이더라
낯익은 얼굴들이 꿈의 사방을 가로막고서는 게 삶이다

사건이 벌어질 때마다 사람들은
인면수심(人面獸心)을 입에 올리며 즈들이 싼 똥을
순박한 동물들에게 끼얹었었지만
동물들은 모든 걸 이해했다

꿈에서 깨어나면 언제나 덜컹거리며 가는 별에 실려 있다

눈 오는 밤

사흘 밤낮을 눈이 내리면 무릎까지 빠졌다
하루 두 번 오는 버스도 끊어지고
멧새들이 인가로 오느라 흐린 별처럼 눈 덮인 들판을
가로질렀다
그런 날 밤이면 젖내를 맡은 여우들이 아이들이 있는
집 뒤울에 와서 울었다
배고픈 여우들이 연한 살을 내놓으라고 쉰 목소리로 울
던 날이면
어른들은 어긋난 삶처럼 아귀가 맞지 않는 문을 철커덕
열었다 닫으며
고함을 질러댔고 달아났던 여우가 눈밭을 어슬렁거리
다 다시 와서
제가 낳은 것을 다른 입에 넣어주는 것이 이 땅의 약속
이라고
굶주린 울음소리로 밤의 문창을 물어뜯었다

제사가 있던 날은 면서기였던 아버지가 북쪽 산간지방
에서는 나지 않는
제수로 쓸 연시를 자전거 꽁무니에 매달고 막걸리 한잔
걸치고 밤길을 달렸는데

어디가 길이고 어디가 구렁인지 분간할 수 없는 눈길을
달렸는데
앞뒤로 휙휙 자전거를 중심으로 원을 그리며 혼을 빼던
여우
아버지는 낡은 생의 자전거를 타고
여우가 쳐놓은 수십 개의 올무를 용케도 빠져나오셨다
정신없이 달려 마당에 들어서서 보니 자전거 뒤에 동여
맸던 감 봉지는 터지고
빈 봉지 속엔 찬바람에 쫓기던 눈만 겁에 질려 하얗게
떨고 있었다는데

멧새들도 여우들도 사람들도 다 배가 고팠던 그 시절엔
곯은 배창자 속을 무며 고구마로 채워 달래며 긴 겨울
밤을 건너갔는데
이젠 그 옛날 사람들도 다 어디로 갔는지 보이지 않고
여우들은 또 다 어디로 가버렸는지 세상이 맥없이 슴슴
해졌다
간혹 도시에서 눈을 만날 때면 샤갈의 마을에 내리는
눈처럼
내 가슴속에서 옛날 풍경들이 옛 사람들이 여우들이 걸

어 나와

　눈보라치며 찬바람이 부는 쓸쓸한 거리를 웅성거리며
지나가고

　꽥꽥 거리며 여우들이 마을로 내려와 밤새 울다가곤 하
였다

　이제 아버지는 배고픈 여우들이 살던 산으로 가시고

　이렇게 눈이 푹푹 빠지는 날이면 아버지의 유택에서도
불빛이 새어나올 것만 같은데

　산집을 나서서 부모님을 만나러 육십 년 세월 건너가는
노 젓는 소리 들릴 것만 같은데

　벌써 만나 한 식구를 이루어 얘기꽃을 피우느라 두런두
런 말소리가 들리는 것만 같은데

　산집은 비어서 눈이 푹푹 쌓이고 들어가는 길이 다 지
워진 먼, 아주 먼 곳이어서

　나 이제 이승의 눈(目)으로는 찾아갈 수가 없네

숲에서 길을 묻다

해는 넘어가고 잔광으로 밝은 저녁
오늘도 한자리에 서서 삶의 뿌리를 깊이 박았노라고
나무들이 숙연히 하루를 생각합니다.
정처 잃은 사람들이 숲으로 들어와
나무 곁에서 뿌리내리는 일을 찾아 돌아가지만
검불처럼 떠돌다 숲을 빠져나가기도 합니다.
아침에 햇빛이 산사태처럼 골짜기에 쏟아져
숲을 깨울 때까지 어둠 속에서 나무들은
발가락을 세듯 뿌리에 대해 생각하겠지요.
나뭇가지는 빛을 향해, 뿌리는 물을 향해
구도의 길처럼 희원의 지팡이 하나로 정처 없이
길을 떠나는지도 모릅니다.
삶의 빛과 물인 꿈과 일용할 양식을 서로
화해시키는 일이 구도의 길처럼 멀고 멀어
흔들리지 않기 위해 지팡이 하나에 의지하고
숲으로 들어와 망연히 내 삶의 뿌리를 내려다봅니다.
어느 한줄기 실한 데 없이 부실한
헛되이 망상을 쫓던 뿌리와 가지를 자르고 또 잘랐습니다.

북평장에서

우연히 들어선 북평장거리

뾰족하고 날선 것들, 대장간 연장들이
몸을 포개고 날이 날을 베고 누워있다
미구(美具)도 되고 흉구(凶具)도 되는 저 연장들
소처럼 순하게 순종하는 성품을 가졌다
연장들을 보고 섬뜩 놀라는 것은 내 마음을 들키는 탓
이다
　나도 저 연장들을 미구로도 흉구로도 만들 수 있는 사
람이다
　거친 자갈밭에 생의 보섭을 박고 곤고한 것은
이 날카롭고 뾰족한 것이 세상의 밭을 갈고 길을 닦아
뭉툭하고 둥글게 어서 닳아 없어지길 바라는 뜻이다

　홀로 난전에 들어 내 살아온 날들의 자책이 나를 쓸쓸
하게 하는데, 저기

어물전은 고행 림(苦行林)이다
팔만유순을 걸어 나와 소신공양처럼
와선 중인 어승(魚僧)들인가

가사도 없이 선정에 든 얼굴로 누워있다
또 한 생의 고개를 넘어가는 만행이다
어느 먼데서 나는 여기까지 왔나
나도 명(命)의 골목을 떠돌다 이 몸에 깃든 것인데
내가 살아온 것도 하나의 유전하는 만행이라 생각하니
저 선정 앞에 촛불 하나 켜주고 싶다

아이의 손을 잡고 나온 새댁도 저 후덕해 뵈는 부인도
다정하게 장을 보는 부부도 호객을 하는 아주머니도
내 생의 어느 골목에선가 마주쳤었다

명이 붐비는 교차로 이 장거리에
나를 부른 이 누구인가?
무명(無明)의 이 누옥(陋屋)에 등불 하나 걸어주려고

악어 꺼내기

수면 아래 숨어서 먹이를 기다리는 기회주의적 사냥꾼
인 악어는
톰슨가젤이나 임펠라를 낚아채 흙탕물 속으로 사라진다
운이 좋은 날은 얼룩말이나 들소가 굴러들어오는 날도
있어
며칠을 거들먹거리며 게으름을 피우기도 하지만
건기는 누구에게나 식욕의 인내심을 시험하는 시절

오늘 아침도 공복의 쓰린 속이 모닝콜처럼 나를 깨웠고
몇 군데 전화를 넣어 극도의 친절로 아양을 떨었는가하면
어떤 이에겐 등 뒤의 날선 칼을 슬쩍 언급하기도 하였
지만
그건 목검보다도 무딘, 칼도 아니라는 걸 아는 사람은
다 안다
모방범죄에 관한 한 티브이(TV)는 훌륭한 지침서이다
동물의 왕국은 생존을 위한 살생을 정당화시켜왔다
공격성이 존재를 보전하는 우수한 수단이라니 믿기지
않지만
그것이 사실이라는 이론은 슬프다
물소를 물어뜯는 사자 무리도 생존을 위한 것이므로

생명의 약탈은 정당화되었을 뿐만 아니라
밀림의 왕으로 추켜세우기까지 했다
나는 무엇으로 내 존재의 생존을 위한 행위를 정당화
시킬 것인가
이 어눌한 유전자는 한낱 도덕심에 존재를 걸었었다

내 안에 악어는 과연 있는 것인가
게으른 햇볕이 궁핍한 졸음의 눈꺼풀에 내려앉는 보릿
고개
나는 견딜 수 없이 배가 고프다
저 움직이는 직립한 동물들이 모두
식용으로 보이는 환각에 빠지는 때도 있다

자, 다시 한번 '나는 악어다' 라고 말해봐
네 안의 악어가 수면 위로 솟구쳐 오르도록
생존이 최고의 선이란 걸 알아!
허기진 내 뱃속의 악어를 불러내는 목소리는 누구의 것
인가

멸종하려는 순간에도 동료의 새끼를 잡아먹을 동물이

어디 악어뿐이겠는가
  하지만 몇 번의 사기를 당하고도, 차일피일 미루는 몇
몇 빚쟁이들에게도
  찾아가 멱살 한번 틀어쥐지 못하는 나는
  도덕심이나 이타심이 과다 주입된 영양이거나
  오뉴월 땡볕에 등짝이 쪼글쪼글 말라가는 도마뱀
  그게 내 생물학적 좌표다

  악어의 탈을 쓴 영양이라니 그 우스꽝스런 모습은 슬픈
희극일 뿐
  나는 오늘도 악어가 되지 못하고 전전긍긍 살아간다

꽃별

혹한을 견디지 못하고 얼어 죽은 나무인줄 알았다
몇 날 며칠 나무의 관절들이 욱신거리더니
이윽고 봇물 터졌다

나무가 땅속에서 길어 올린 별
환한 얼굴처럼 다닥다닥
꽃이 피었다

물을 긷는 물관인 줄 알았던 뿌리가 실은
별을 긷는 두레박이었던 것
땅속에도 별이 있듯이
사람의 가슴에도 별이 있다
사람의 가슴에서 별을 긷는 사람이
그 사람의 정인(情人)이다

이 봄,
저렇게 많은 사람들이 사랑을 만났다는 증표처럼
공중에 별들이 빼곡하다

두부2

오늘은 두부가 참 잘됐다
너무 굳지도 않고 부드럽게 마침맞게 참 잘됐다!

시집와서 여태까지 60여년 두부를 만드셨는데
새삼스레 두부 한 모 양손에 받쳐 들고 반색하시는 어
머니
그동안 이력이 붙고 나이를 드시는 동안
딱딱하고 모난 결기도 말랑말랑 둥글둥글 어루만질 줄
넘기실 줄 안다는 뜻일까 저쯤에서는
물이 큰 산을 에둘러 흘러가는 이치를
바람이 대지를 넘나드는 이치를
갈대가 바람에 맞서지 않는 이치를 몸으로 다 받았다는
얘기
오래전 사라진 가슴을 꼭 그만큼 부드럽게 재현하시는
어머니
봄의 기별처럼 별드는 뜨락이 따뜻하다

겨우내 성했던 한기가 땅속 깊이 숨어들어
지하수가 손이 시리다 땅이 절기를 먼저 안다!

자투리 빈 땅도 아까워 뭘 심어 키우지 못해 마음을 종
종거리는 어머니가
오늘은 내가 휑한 빈 땅처럼 보이는지 장성한 아들에게
파종하려고
찬물에 불린 콩을 씻으며 손이 시린 걸 보면 안다고
경칩이 머지않은 게라고 말씀하신다
머잖아 대지가 참으로 시끄러운 날들을 보내게 될 것이다
달그락달그락 지지고 볶는 한창 것들의 서투른 신접살
림 보듯
콩이야 팥이야 말참견을 하고 거들고 싶어 온몸이 들썩
거리겠지만
짐짓 모른 척 잘한다 잘한다 쓰다듬고 어루만지고
고추모종 떡잎이 투구처럼 쓴 씨앗껍질을 벗겨주는 것
처럼
식전바람에 한데서 두부를 만드시는 것은
당신이 세상에 심은 나무에 북을 주는 일

고장 난 분쇄기 모터를 고쳐다 놓고
가마솥은 저어 쪽 본채 옆에다 다시 걸고
웃 두루 밭에는 황금*을 심어야겠다!

  콩도 심기 전에 마음은 벌써 유정(乳井)을 긷고 계시는
거다
  시린 눈빛으로 가 닿는 어머니의 콩밭은 얼마나 넓은가

*황금 : 콩 종자 이름

수취인불명

나는 선물상자 안에 담겨 있다 이걸 누구한테 보내야
하나 봄이 꽃의 융단폭격을 해대는 사월 휴일의 한낮을
선물상자 같은 빈방에 조용히 담겨서 담배를 물고 있다
이 계절 빈방에 갇혀 있다는 건 꽃에 대한 육두문자의 욕
설이라고 생각하며 나쁜 놈! 나를 욕한다 창밖에 앳된 처
녀들 지나가는 것 모양 갓 출시된 향수냄새 풍겨오는데
나는 한술 더 떠 아예 폭력을 행사한다 배배 꼬이는 몸으
로 커튼을 닫았다 그렇게 목불(木佛)에 꽃 피라고 충동질
하는 계절을 간신히 건너는 중이다 언젠가는 사방의 문을
다 닫고 낡은 화첩 속에서 산책해야 할 때가 올 것이다.

나오미 아스팔트

네 종류 네 가지 색깔의 술을 마시고 집에 가는데
오늘따라 지구는 왜 이리 빨리 도는 거냐
도대체 중심을 잡을 수가 없네
비틀비틀 투덜거리며 골목길 지날 때
가만, 저게 뭐지?
한때 내 수음의 파트너

혹시 당신은 나오미 캠벨?

그녀 실오라기 하나 걸치지 않고 길바닥에 누워있네
옳거니 나를 유혹하고 있어,
이게 웬 횡재냐 싶어
앞뒤 잴 거 없이 일단 덮치고 봤더란 얘긴데

온몸이 을매나 돌멩이 같던지
젠장, 유혹할 땐 언제고 마음을 한 치도 열지 않더군
아예 홀딱 벗고 거리에 누운 년이
온통 피부가 까맣더라니까
미친년이었겠지, 홀딱 벗고 거리에
벌러덩 누운 게 어디 제정신이었겠어

정초부터 액땜을 하려고 그런 건지
얼굴을 온통 물어뜯기고 나서 찍소리 못하고
누가 볼세라 조용히 집으로 들어왔던 거야
어쩐지 뒤가 켕겨 창문으로 내다봤지
아, 글쎄 그년 아직도 골목에 벌러덩 누워 있네
샛눈을 뜨고 자세히 봤어

맙소사, 아스팔트!

나에게 길을 열어주던 아스팔트가 보다못해
삿되어 가는 나를 콱, 물었네

폭설—용서론 강좌

그랬다. 툭하면 끓는 주전자처럼 푹푹 김을 내뿜는 머
리를 이고
들쑤시고 다닌 영문도 모르는 골짜기며 숲을 나는
얼마나 성가시게 했던가
세상에 진 빚이 많아 찾는 이라곤 분노와 우울과 고독
뿐이었다
빚 독촉을 견디지 못하고 급전을 내러 떠난 길
세상에 진 빚 다 내놓기 전엔 한 발짝도 움직이지 못한
다!
내린 폭설에 영어의 몸이 되었다
세월에 일수 찍다말고 찾은 이 깊은 산중에서 내다보는
창살 밖 풍경의 성찬 한 상
이 죽도록 아름다운 것이 모든 것을 허(許)하는 것이니

내리는 폭설
내가 나를 위해 쌓아올린 고루한 자루의 조적(組積)은
다 무엇이냐?
생각느니
용서를 모르고 살아온 절벽의 생애 앞에
보란 듯이 단애를 뛰어내리는 눈보라

가재도구들 아무렇게나 버려진 배은의 야적장도
누가 부리고 갔는지 욕설 같은 폐석더미도
눅눅하게 돌아와 독방의 어둠을 뒤집어쓰던 젖은 날개
의 날들도
폭설에 묻힌다

무리지어 죄 짓기 위해 몰려가고
죄를 짓고 돌아오던
길부터 지우고 있는 눈보라

흰 강보를 덮어주는 손길처럼 눈,
눈 내려 덮이니 선악 이전의 낙원처럼
초기화상태로 되돌려져 내 앞에 펼쳐진 세상
지금까지는 덮어둘 테니 다시 오류 없이 살아보라고
한번씩 저렇게 폭설은 내리는가보다
창밖으로 손을 내밀어 손바닥으로 눈을 받는다
움켜쥐었던 주먹 그 손아귀에서 새들이 날아오른다

역전다방

역전다방 모퉁이 홀로 앉아서
오지 않는 그를 기다린다
시간은 내 안타까운 마음을 뿌리치고
내 가슴의 어두운 플랫폼으로부터 떠나간다

동행하기로 한 그는 아직 오지 않았다
뿌리내린 말뚝처럼 혼자 떠나지 못하고
역전다방 모퉁이 고인 물처럼
동심원의 파문으로 나타날 그를 기다린다

하나 둘 또는 삼삼오오
어디론가 떠나기 위해 잠시 머무르는
역전다방
배정된 시간표에 따라 보따리를 챙기고 계산을 끝내고
긴 터널을 빠져나가면 아침해가 기다리는 곳으로
구겨진 영수증을 흘리고 그들은 떠나간다

그는 영영 오지 않을지도 모른다
오지 않음으로써 기다림은 길을 잃고
증발한 행선지

촉촉이 내 협곡을 적시던
증발한, 설레임의 밤벌레소리

열차는 떠나고 내 기다림의 목적도
텅 빈 객차거나 화물칸 어디엔가 실렸다
광장에 분주히 오가던 사람들도
하나 둘 증발하듯 사라지고
텅 빈 사내 하나 텅 빈 광장을 가로질러
세상 속으로 다시 가라앉고 있다

세상의 징검다리를 건너는 사람들

햇살이 정수리를 간질여 오는 가을날 오후
역삼역 사거리께 언덕배기 길을
옷자락을 줄줄이 잡고 장님 넷이서
서투른 듯 능숙한 솜씨로 허공을 가르듯 걸어간다.

훤한 대낮에 눈뜨고도 길을 잃는 사람들의 거리를
똑바로 걷는다는 건 두 눈 때문이 아니라
마음이라는 걸 보여주며
캄캄한 길 가는 법 일러주고 있었다.

눈을 감으면
확신의 빌딩 늘어선 도시에 밤이 오고
불가시의 평원에 해가 뜬다는 걸
얼굴 가득 즐거운 미소 띠우고 그들이 걸어간 거리에서
우리가 걸어간 발자국 ? ? ? ? ? 위에
그들이 남기고 간 선명한 발자국 ! ! ! ! ! !
본 사람들은 안다.

역삼역 사거리께 언덕배기 길을
징검다리 건너듯 장님 넷이서

길없는 세상을 건너가고 있었다.

초승달

상무룡리 밤 호숫가에 못둥처럼 앉아있었다
먹물에 빠진 벌레처럼 까맣게 밤이 스미고 있었다
검은 물빛의 호수가 떨어지는 별 그림자를
아그작아그작 깨물어 먹고 있었다

서울을 떠나기 전
우리 다시는 만나지 말자! 문이 꽝 닫혔다
그 순간 나는 외부가 되었다
퉵, 그녀가 뱉어버린 껌처럼 살구 씨처럼
나는 누구의 발바닥이든 쩍쩍 늘어붙어 몇몇 생을 또 귀찮게 하거나
밟히고 채이다 후미진 거리 어느 구석댕이에서 또 싹이 틀지 모르지만
생목처럼 쓴물이 넘어왔다
난 디아블감옥에 갇혀 있는 거야! 라고 믿었던 내부가
외부에서 보니 다시는 들어갈 수 없는 절벽강산 성채로 서있다
빠삐용은 천신만고 섬을 빠져나와 비로소 눈부신 바람옷을 걸치고 살았다지만
나는 내부에서 거둔 소출의 돌부리에 걸려 번번이 넘어

졌다

고들빼기를 씹고 또 씹어 쓴맛을 우려먹으면
역설적으로 그 쓴맛이 식욕을 불러낸다
입안에서 쓴물을 쏟아내는 네 나무에 열린 고편도(苦扁桃)
씹고 또 씹어라
쓴물이 다 빠질 때까지 씹어서 삼켜라
어둠 속에 빛이 고이듯 쓴맛이 길어 올린 샘이 고일 때쯤
식욕이 살아나고 새살 돋아날 게다

누구인가? 살짝 뚜껑을 열고 안을 살피는 이

호숫가에 살던 소로우 형도
생물 같은 고통이 목구멍에 걸려 생과 사의 경계에서
비틀거리기도 했겠지만
어느 때는 꽃물 우린 목간통에 몸 담그고 싶었을 테지만
중심까지, 웅크리고 못 본 척
쓴맛이 쏙 빠질 때까지 생을 씹으며
거기까지 갔을 것이다

간이 잘 밴 장아찌처럼 묵향 물씬한 먹이 되려면
익으려면 아직 멀었는데

뚜껑을 빠끔히 열고 누군가 들여다보고 있다

시간의 정체를 보다

혼자 앉아 있는 텅 빈 사무실
시간이 온통 나를 에워싸고 초침 소리를 증폭시키고 있다.
깊은 밤 골목 안으로 들어서는 발자국 소리처럼
나를 긴장시킨다. 혹은 휘발하는 기대감에 불을 당긴다.
나의 시간의 한 가운데 내가 앉아 있고
또 다른 이들은 그들의 시간의 한 가운데서
시간의 징검다릴 오가며 풍선처럼 부풀어오른
시간의 풍만한 젖가슴을 만지작거리고 있을 것이다.
그래, 나도 만지작거릴 젖가슴이 필요하다.
까마득히 깊어진 우물 속에서 시대를 등진
허섭스레기 하나 건져 올린다.
바람이 불어왔다. 다름 아닌 바람과 한 몸이 되어버린
내 가슴의 벽화들이다.
벽화들이 주르륵 옷을 벗고 내게 가슴을 내민다.
내 동경의 손은 가슴과 둔부 사이를 오가며
꿈같은 사랑의 흔적이 만져지기를 꿈꾼다.
싸늘한 체온은 다시 살아나지 않고
시간이 급경사의 지붕 아래로 미끄러지고 있었다.
지난 시간(時間)에 대한 시간(屍姦)은 무위로 끝나고
아득한 우물 속에서 낡은 유리 두레박 깨지는 소리를 듣다.

시월의 선물

한 시절 무겁게 가슴을 짓누르던
검은 구름을 밀쳐내고
새벽이슬 내린 산길 풀섶을 헤치고
시월이 찾아왔다.
젖은 맨발로 토담을 넘어와
앞마당 가득히 파란 하늘을 내려놓고
하얀 이 드러내고 웃고 있는
미소년처럼 찾아온 그에게선
햇바람 냄새 물씬 묻어나고
온몸으로 지탱해 온 인내만큼
영롱한 빛깔의 햇것들이
그의 등짐 위에 물결친다.

감자 먹는 사람들

삶은 감자를 중심으로 둘러앉은 식구들
큰 감자 두 알이면 금방 채워질 허기인데
말이 없었다
어린 동생들과 나는 끝까지 남아
큰 바가지의 감자를 마지막까지 탐하였다
중천의 해가 그걸 다 내려다보고 있었다

삶은 감자를 쇠젓가락으로 찌르며
삶이란
삶은 감자로 입을 틀어막는 것

무쇠 솥에 삶은 감자처럼
푹 삶아진
내 삶 깊숙이 탐침을 넣던 쇠젓가락도
지금은 두 무릎 내려놓고 형형한 눈빛
눈꺼풀 안에서 무구하겠다

제각기 다른 행선지로 가는 사람들이 행선지를 세워두
고
휴게소에서 두리번거리며

삶은 감자로 입을 틀어막고 있다

어미

1

산턱에도 봄은 와서 병아리 부리 같은 꽃들이 피었다
통행이 뜸한 한적한 길이다

산정호수 가는 길 여우고개를 넘는데
까투리 한 마리 모가지를 쑥 뽑고 두리번거리며
도로 가운데 서서 차를 세웠다
꺼병이 다섯 마리 줄을 지어 길을 건넜다
길 건너 산등성 솔밭유아원 가나보다 다 건너갔는데
아직도 어미는 안절부절 아래편을 쭈뼛거렸다
뒤늦게 몸집도 왜소한 겁먹은 한 마리
창백한 얼굴로 길 위에 올라서더니
없는 날개 파닥이며 걸음아 날 살려라 건너갔다

커지는 눈도 부리도 날개도 어미의 근심이 벼리는 것

삵이며 맹금이 사는 산중에서 홀어미 까투리는
낮이나 밤이나
작은 소리에도 가슴을 졸였을 것이다

2

나 대여섯 살 때 울 엄마 손잡고 나물 뜯으러 갔을 때
냉이며 고들빼기 달래를 캐고 있을 때

콩 볶듯 일제히 작렬하는 봄을 피격하는 총소리
사격장 근처였다

놀란 멧종다리 기겁을 하고 날아올랐다
순간 어미의 날갯죽지가 솟고 새끼를 품은 어미 새
봄의 가파른 언덕 위 대기를 갈랐다

어미들은 언제나 사격장 언저리에 살았다
떠도는 탄환 같은 홍진에도 어미들은
안절부절 조바심을 냈을 것이다

3

끝내 어미는 차창 밖으로 눈길도 주지 않았다

엄마가지마 엄마가지마 나두데리구가 엄마가지마

아이는 울부짖으며 밖에서 발을 동동 구르는데
동해버스터미널에서 아이를 떼놓고 버스에 오른
어미의 외면과
울부짖는 아이의 몸부림 사이에
동해는 거친 파도소리를 밀어 넣고 있었다

귓전에 매달린 울음소리는 파도처럼 밀려와 엎어지는데
서울로 가는 버스 안에서
가슴이 미어졌을 어미 갈매기는 내내
두고 온 바다가 사무쳤을 것이다

겨울나무

　　―부킹

웨이터 손에 이끌려 한 여자가 온다
미끈하다
나는 이제 그걸 그냥 받아 적기만하면 된다

헌데, 힐끗 일별하더니
홱 돌아서서 엉덩이 실룩거리며 가버린다

이미 취해 제풀에 자족하는 표정을 보았나?
앉기도 전에 몸부터 더듬는 눈빛 때문인가?

상고대 엉기는 겨울나무
그렇구나
시(詩)도 저 태어날 몸 가려서 오는구나

일면식도 없이, 뜨거운 구애도 없이 첫눈에
척척 앵겨오는 그런 여자는 없다

하여, 나는 오늘도
꽃도 열매도 없는 빈 나무로 서있다

거미에 투영된 시절

후두둑
후두두둑
무엇의 바큇살일까
소나기
보이지 않는 거대한 동체의 은륜이 지나간 뒤
고개 숙인 호박꽃
폐허가 된 거미집

무너진 흙벽 진흙을 바르듯
날은 저무는데 끼니는 어떻게 하나
분주히 떨어진 올을 기우고 있는 거미

젖은 마당을 가로질러
마구간으로 힘겹게 걸어가시는
가계가 젖은 흙짐처럼 실렸던
아버지의 처진 어깨
찐 감자를 으깨 고추장에 비벼먹던 시절엔
끼니걱정을 하며 아버지 저 거미처럼
캄캄하게 허공을 걸으셨겠구나

그때의 아버지 나이가 되어 고향집 툇마루에서 보는
거미에 투영된 빛바랜 사진 한 장

겨울귀향

땅농사 버섯농사 작파한 넷째는
버섯사(舍)만한 빚더미를 짊어지고
사십이 넘도록
장가도 들지 못하고 공사장 목수가 되어 떠돈다

그해, 더 냉혹한 겨울이 오고

고향을 찾은 내 가슴도 혹한이다
휑뎅그렁한 풍경 속에 옹송그린 집들
점령군처럼 갈기를 세운 바람들이 빈 들녘을 점령하고
몇 닢 남은 이파리 혈육을 움켜잡고
허리 굽혀 애원하는 나무들
백기처럼 펄럭이다 바람에 끌려가는 비닐조각들
땡땡 언 몸으로 줄 하나 부여잡고
빨랫줄에 매달려 있는
모진 바람의 추궁을 맨주먹으로 견디는
아버지 어머니 그리고 형제들과 어린 조카들

해는 한 뼘 남짓 기진한 햇살을 뿌리고
이내 밤이 찾아올 것이다

빈 들녘이라도 떼 메고 가겠다고 집달관처럼
흙바람 휘몰아치는데 밤새 혈육들은
서릿발 세우는 겨울밤을 홑겹으로 어떻게 건널까
꺼져가는 등잔불처럼 사위는 마지막 햇살
손수건처럼 빈 논에 떨어지네

대합실

작은 술병의 술을 잔에 따라 큰 병에 부었다
술병들이 취해갔다

아직 도착하지 않는 날들을 기다리는 대합실
젖은 구두들이 울퉁불퉁 와 닿는다
노선표도 시간표도 없는 순 엉터리 대합실 같지만
마중 나온 사람들로 붐빈다
귀한 손님은 더디 오는 법이라고 누군가 말하고
늦은 손님을 위하여
술잔들이 높이 들어올려지기도 한다
연탄화덕 불에 알이 툭툭 비어지는 도루묵을 굽다가
비척거리는 술병들이 가끔 거리로 나가 비를 맞았다
비는 딱딱해진 생각에
숭숭 공기구멍을 내주는 것 같았다
기다리는 날들은 소행성처럼 번번이 비껴갔다
누가 저 어둠 속으로 들어가
어둠의 두꺼운 가죽을 물어뜯을 것인가
불끈불끈 발기하던 시절은 가고
주섬주섬 풀죽은 자지를 찾아
공터를 향해 오줌을 누다보면

어느새 비 그치고
술국에 썰어 넣은 무처럼 달이 둥둥 떠 있었다

검은고양이들과의 한때

평온이 햇볕처럼 내리던 들녘 목화밭에
먹구름의 그림자가 드리우고 폭풍우 갈퀴바람
목화밭을 휩쓸고 지나갔네, 그리고
검은고양이 한 가족이 내 집으로 들어왔네
주눅 들어 으쓱하게 어슬렁거리며 찾아 왔지만
시련만큼의 긴 발톱과 날카로운 이빨 가슴에 품고 왔네
처음엔 무척 다루기 힘든 사나운 들짐승의 본성으로
나의 손등과 가슴에 발톱 자국을 냈지만
조심스럽게 먹을 것을 건네고 마음을 내 보였더니
나를 주인처럼 섬기기 시작했네
캄캄하여 아무것도 분간할 수 없는 오리무중 나의 집엔
안방 건넌방 구석구석 어디에고 검은고양이가 들끓고
세상과 교신할 수 없는 나는 고양이 가족과
서로 의지하며 한 가족처럼 살았네
날이 갈수록 기하급수적으로 숫자가 늘어나고
누가 주인인지 주객이 전도돼 버린 나의 집
검은 털에 윤기가 도는 고양이들
나의 집 모든 틈으로 세상을 내다보는 눈빛들
검은고양이들과 한 살림 사는 동안
나도 고양이의 눈으로 세상을 보는 습관이 생겨났네

온통 고양이 눈빛을 닮아 가는 사람들의 세상
나의 집에 깃들어 사는 검은고양이들도 언젠가는
목화밭 둔덕에 평온이 햇볕처럼 내리는 그날
아무도 모르게 제 무리를 몰고 바위굴로 돌아가겠지만
나는 오늘도 검은고양이들과의 한때를
쓸쓸히 추억할 날 꿈꾸며
검은고양이들을 몰고 어두운 골목길 걸어가네

민통선

민통선 안에 논밭이 있어
바짓가랑이 걷어 부치고 소 몰고 농사지으러 갈 때
경비병이 없어 그냥 드나들기도 하였지만
엄격히 말하면 출입증이 있어야 한다
내 땅 내가 부쳐 먹는데도 출입증을 보여줘야 내 땅에
들어갈 수가 있다

사랑도 우정도 때론 마누라도 기름을 치지 않으면
뻑뻑한 게 잘 들어가지지 않고 삐거덕거린다
관계 면엔 주기적으로 기름을 잘 쳐줘야 하지만
세상은 변해서 윤활유나 출입증으로
돈만 한 게 없는 세상이 되었다
구애수단으론 더할 나위 없이 돈이란 게
막강한 영향력의 출입증이 되었다

어디서 소란이 생기고 악다구니가 거리의 머리채를 잡
고 흔든다면
거기에는 분명 출입증이 있느니 없느니 시비가 붙은 것
이다

업소 아가씨들이 밖엣 사람을 가리켜
민간인이라 한다드만, 민간인이
혈거 속으로 들어가려면
민통선처럼 출입증이 필요하다

나 꽃 농사 지러
소 몰고 민통선 안으로 들어갔다

김일수 씨 부부

골이 깊어 치대던 골바람도 기진하여 갈대밭에 스러지는
한계령자락 필례마을 찾아 들어가면
수묵화 같은 마을을 맨발의 세월이 지나가고
구겨진 미농지를 밟고 지나가듯 세월의 발걸음 소리 들
린다네
싸릿대처럼 꽂히는 햇살 사이로 세월은 상채기 하나 없
이 걸어가고
들꽃 별빛 단풍 눈꽃들 가득 쟁인 술 익는 오지항아리
처럼
그윽한 향기로 붉어가는 단풍잎 같은 부부가 있었네

손 없는 카페에서 두 내외 티브이를 보다가 그것도 시
큰둥해지면
밖으로 나가 난간에 기대어 먼데 점봉산 바라보며
곰배령 야생화 애기며 설악산 가을단풍 한계령 눈꽃이며
며칠을 발을 묶어 뜨끈뜨끈한 구들장과 뒹굴게 하는
펑펑 내리는 눈 이야기하며 시간을 보내다가
아내의 손등을 톡톡 건드려보기도 하다가
그도 오래지 않아 싫증이 나면, 여보! 내가 염색해줄게
김일수씨 아내의 상고대처럼 하얀 머리를 곱게 빗어가

며 약칠을 한다네
　어깨 위에 찰랑찰랑 별빛 미끄러지던 검은머리
　어느새 서리 내린 억새밭이 되었는지
　눈꽃을 그렇게나 좋아하더니 당신 머리에 눈꽃이 폈구
먼그래!
　당신 머리가 한계령이야! 올겨울엔 한계령 갈 필요 없
겠다!
　슬슬 아내 복장을 긁어가며, 이젠 다른데 시집갈 생각
은 말아!
　누가 받아주기나 하겠어! 천상 김일수 마누라네! 농을
하며
　이젠 다 늙었구나, 가파른 세월 감아 오른 칡넝쿨처럼
　약칠한 머리를 틀어올린다네

　산뽕나무 산사나무 마타리꽃이 머리를 갸웃거리며
　서로 처다보고 빙그레 웃으며 그 광경을 보고 있었네
　소나무 우듬지에 산새들 날아와 포포릉 포포릉 울어쌓고
　풀벌레들 까르르 까르르 양철지붕 별빛 쏟아지는 시늉
을 했다네

염색을 끝낸 김일수 씨
하따, 또—옥 스무살 때 경덕 씨구먼!

그 광경을 보며 나는 괜스레 먼데 아내 생각이 나고
가슴에는 흥건하게 더운물이 고여오고

탈속(脫俗)

강원도 설악산자락 골짜기 어드메쯤
수줍음 타는 수수한 여자 꿰차고 들어가
한줌 고운 흙 될 때까지
들꽃하고 나비하며

나는 물항아리이다

나는 물항아리이다
물을 담아 일인칭의 '나'를 정의하던 물항아리이다
어느 날
항아리 속에 직립해 있던 물들이 순식간에 무너졌다
난데없이 날아든 몽둥이에 물항아리가 무참하게 깨져
버렸기 때문이다
물들이 혼비백산 항아리로부터 되도록 멀리 도망쳤다
일인칭의 '나'였던 물들이 삼인칭의 '그'들이 되어 뿔
뿔이 흩어졌다
이제 나는 껍데기뿐인 깨진 항아리이다

아무것도 담을 수없는 아무짝에도 쓸모없는 깨진 항아리
몽둥이로 후려치면 깨져버리는 물항아리가 섣불리
배짱을 갖는다는 건 위험한 일이다
차라리 구더기 버글거리는 똥장군 항아리였다면 누가
감히
저놈의 항아리를 깨버리겠어! 가볍게 생각이나 했겠는가

그러나 지금 나는 깨진 항아리
조바심이 사라진 깨진 항아리의 완벽하게 편안한 자세

위로
　바람이 잠시 고였다 가고 사금파리 위에 날아와 앉는
　나비 같은 자유가 전 재산인

나는 내가 아닐지도 모른다

우리 어디선가 만났었지요?
느티나무 곁을 지나는데 나뭇가지들 갸웃거린다
길을 걷다가 눈을 마주친 사람과 돌아보며 또 눈을 맞
춘다
인파 속으로 그가 사라질 때
나를 놓쳐버린 것만 같은 상실감
네가 나로 내가 너로 살았던 날들이 있어
들풀처럼 바람처럼 그 옛날이 발목에 감기어
다시 한번 돌아보는 거다

가슴속 이목구비 지워진 기억의 꽃들이
환해지는 얼굴로 아, 그렇지요 우리가 소였을 적에
당신은 엉덩이께 나는 허벅지께 한 덩이 살로
이웃해 있었지요 더 먼 기억 속에는
우리가 풀이었을 때
당신은 토끼풀로 나는 질경이로 바람에 같이 춤추던 때
모르세요?

가슴을 두드리면
가슴속에서 물살을 찢고 싱싱한 누치 한 마리 띈다

다시 두드리면 푸드득 들꿩 한 마리 날아오른다
두드릴 때마다 가금들이 달려 나오고 꽃들이
우거진 숲들이 쏴—아 쏴—아 파도소리를 낸다

내 안엔 내가 없고
만상이 깃들어 세운 집 한 채
흔들흔들 걸어간다

삼겹살화원(花園)

죽은 돼지는
자신이 저렇게 행복해하는 수십 수백의
인간으로 분화 된다는 걸 모를 거다
잊었던 모국어로 왈왈왈왈 밤 깊은 줄도 모르고
소리 내어 책 읽는 개구리들 무논처럼
와글거리는 삼겹살집
사 교시 끝난 교실 같다

한쪽 모퉁이 목소리 높여 다투는 신혼인지 연인인지
삼겹살에 소주를 곁들이는 걸 보니 갈라서진 않겠구나
도원의 선인처럼 마주앉은, 얼굴까지 닮아버린 백발의
노부부
소주잔을 들고 다섯 번 부딪치며 뭐라고 축원하는지
전 생으로 숙성된 저 그윽한 미소
저만하면 꽃시절을 준대도 바꾸지 않겠다
뒷자릴 보니 돌배기 딸린 부부
아내에게 쌈 싼 고기를 입에 넣어주고 물김치를 떠 넣
어준다
달을 품은 만삭의 배로 얼굴에 환하게 또 달뜬다

삼겹살집이 온통 붉은 꽃밭이다
달뜬 화원이다
4월이 5월에게 꽃다발을 건네는 장면에서
세상은 잠시 피아의 경계를 지우고
불화도 갈등도 소주처럼 한입에 털어 넣는다

달(月) 사들고 귀가하고 싶은 밤이었다

그곳에 가는 동안

마른 개울들이 흰 이빨을 드러내고
촌로처럼 웃고 있다.
산언덕 망자들의 마을에선 오늘도
하늘로 흰 연기를 피워 전입신고하고
한 사람의 잠자리가 마련되었다.
(묘지란 잠자는 곳이다.)*
그리고 세상엔 한 사람의 자리가 사라졌다.
세상은 다시 흐르기 시작했다.
바람이 그 뒤를 따라 나서고
검불들이 날리고 흙먼지가 일었다.
도처에서 모여든 물방울들이 긴 혀를 만들어
바쁘게 바람의 뒤를 따랐다.
왁자지껄 지나온 푸른 이끼 성성한 여울목이나
조심스럽게 걸음을 옮기던 갈대숲 언저리는
이미 우리의 것이 아니다.
눈부신 아침 햇살을 따라 무리지어
일어서는 저 물보라 같은 세월강에 손을 씻는
아이들의 시간은 이미 우리의 것이 아니다.
땟국 절은 옷자락을 여미고
노을빛으로 번지는 풍금 소리를 따라

한 무리 떠내려간 수평선에선 물안개 피어난다.
물 위에 띄워진 배들인 세상 모든 것들
그곳에 가는 동안 멈출 수 없다.
세월강 기슭 퇴적된 시간의 유골들을 바라보며
그 곳에 가는 동안
나의 들녘마다 가꾸어지는 곡식들은
어느 성단에 올려질 제수(祭需)인가?
내 인생도 바쁘게 그 곳으로 흘러간다.

*장 그르니에 「지중해의 영감」에서 인용

하나의 길

서울의 밤거리에 첫눈이 내린 날
프라하에서도 눈 소식이 왔다
헬싱키에는 벌써 한 자는 빠지도록 눈이 내렸다고 한다

북위도의 도시에 눈이 내리고
목도리를 두른 긴 머리 처녀들이
벙어리장갑을 끼고 집을 나선다

서울에서도 프라하에서도 헬싱키에서도
첫눈 위에 발자국을 찍으며 집을 나서는 것은
얽히고설킨 세상의 길 위에서
사랑이 길을 잃을까봐

순정한 가슴으로 두 발자국이 만나
비로소 하나의 길이 되라고
순백의 카펫을 깔기 때문이다

IV

금강초롱

굽이굽이 산길을 오르다
내가 그대를 처음 본 순간

이슬에 젖은 치맛자락이
마르지 않은 채
그대의 푸른 속살이
비치는 듯 했었지요

황지연못[*]

메르디앙호텔 커피숍 창가에 앉아서
황지연못을 내다보는데
'부르지도 마 나의 이름을
생각지도 마 지난 일들을'
흘러간 유행가 애절하게 잔잔한 연못을 흔든다
홍예다리 위 연인들은 다투는 건지
남자는 돌아서는 여자를 자꾸만 돌려세운다

느릅나무 빈 가지 그림자 붙잡는 손가락을 풀고
빠져나온 물 홍예다리 삼문을 바쁘게 빠져나간다
붙잡지 마라 가야한다
낙동강 천삼백 리 멀고멀어
어물어물 한가하게 노닥거릴 시간 없다
오체투지 삼칠기도 끝나는 날
을숙도 갓 깨어나는 물새들에게 젖을 물려야한다
천삼백 리 젖줄에 주렁주렁 매달린 어린 생명들
기갈 들면 어쩌나 노심초사
앞섶 열고 외젖을 물리는 어머니

나 어디로 가야하나 우두커니 고여 있는데

'난 하늘이라면 너 언 구름인가봐' 노래가 끝나고
아, 어머니! 문득,
까맣게 태운 속을 다 들어내고도
아직도 펑펑 맑은 젖을 내는 어머니의 땅에서
생각했다 한쪽 가슴만 남은 외젖의 우리 엄마

*황지연못 : 강원도 태백에 있는 낙동강 발원지

대성암에서

순순히 따라나서는 나를 데리고
습관적으로 사람을 죽이는 나를 죽이러 간다
계룡산 숲 속의 말사 대성암으로
녹음 짙은 잎새 사이로 하늘은 구름 한점 없이 푸르고
바람은 녹음의 바다에 거친 파도를 만들기도 한다
소나무 잣나무 회화나무 신갈나무 고로쇠
한자리에 서서 하루 종일 묵언정진
비워낸 말(言)을 받아 쉬지 않고 주절대는 계곡 물소리
이름을 알 수 없는 새가 날아와 말참견하다
알아들었을 거라고 생각하는 건지 도대체 꽉 막혔군
포기해버리는 건지 절뚝거리며 돌아간다
녹음의 틈새로 동쪽이라고 생각했던 곳에서 해가 나타
났다
오후 다섯 시의 해가 산바람에 다시 동쪽으로 밀려갔나
보다
바람에 해가 떠밀려 다니기도 하는 곳
나는 정자에 앉아 아직 숨이 붙어 있는 나를 죽이며
하루 분의 세월을 검문 없이 통과시킨다
그러는 동안 휘파람새가 날아와 훈수를 한다
아냐, 아냐, 숨을 엉덩이 밑에 깔고 한참 지질러 놔

한나절이면 사지가 풀리고 숨이 끊어지려면 하루는 꼬
박 걸려야지
모진 놈이라면 달포도 모자라네 돌아가고
벌 한 마리 날아와 왱왱거리며 맴돌다가
젠장, 도대체 꽃잎을 찾을 수가 없군 투덜거리며 돌아
갔다
나는 나에게 또 누구에게 한 송이 꽃도 되지 못하면서
어리석게도 세상의 꽃잎을 찾아 헤매었구나
쌀 톨보다 작은 까만 갑충이 날아가다
수첩 위에 불시착 뒤집혀 허우적거리다 또 날아간다
누구라도 그렇게 헛짚는 제 걸음에 걸려 넘어지는 때가
있다
나도 내 걸음에 크게 걸려 넘어져 여기까지 왔다
빛의 이랑을 헤치고 바람이 불어왔고
나를 허물고 가는 바람 녹색 파도 위로
나의 탁본이 펄럭이다 사라진다
삿된 나 하나 죽이니 만물이 사랑의 눈빛을 보내오는
이 역설

수입천

아람 벌어 떨어지는 햇살의 알갱이들
강물은 남김없이 받아먹고 더욱 투명해졌다

추석이라고 고향에 내려와
문경이 돈관이 주한이 그리고 나
치기어린 장난을 하며 물속의 바위 밑에
족대를 들이대고 고기를 잡았다
한 마리 두 마리 들어올려진 고기들을
비료포대 속에 담으며 씨알 작은 고기를 보며 망설인다
새끼들은 놔줘라 놔줘!
하천개수공산가 뭔가가 물고기 씨를 말렸어
피라미만 들어오던 차에 옛 풍치를 망가뜨린 공사를 탓
하며
야, 이제 그만 잡자 이만하면 술안주는 되겠다
괜스레 한배에 난 식구들을 잡아먹으려드는
그악스러운 생각에 그만두려 생각하니
버드나무 돌배나무이파리들이 들어
고기대신 푸드덕거렸다

괴리 기름종개 금강모치 세리 돌바지 텡가리 빠가사리

꺽지 메기 뚝지 모래무지

　옛날엔 팔뚝만한 뱀장어가 봇도랑에서도 나왔는데
　쏘가리 누치는 얼마나 큰 것들이 잡히고
　강바닥은 다슬기가 도배를 하고 말조개까지 있었다니까
　옛이야기하며 옛날처럼 마흔 댓에 진짜 할애비가 된 문
경이네
　옛 고방에 앉아서 매운탕에 소주를 마셨다
　묵은 고추장 풀어 끓인 잡어매운탕에선 산바람 냄새가
났다

산란(産卵)

젖 달라고 악을 퍼 써대는
강아지
젖줄을 더듬대며 머리로 치받는
강아지들을 물리치고
저만치
돌아눕는 어미 개

혼자 있는 것들의 가슴에
밤이 알집을 디밀고
산란하는 것은

발정기의 섬

도시의 휴일

새들의 노랫소리 들리지 않는 도시에선
아이들이 대신 지저귄다
늦은 설거지 달그락거리는 소리를 찢고
탱탱볼처럼 아이들이 튀어나오기도 한다
어른들은 아주 조용히 말하거나 말이 없다
생존의 문제는 더욱 굵고 든든한
허리띠를 준비하게 하고
생리적 배고픔 너머에 있는 또 다른 갈증은
끼니걱정이 사라진 어느 날 찾아온
배다른 형제라고 했다
일요일 오후가 되면 도시의 숨구멍을 틀어막으며
떠났던 이들이 꾸역꾸역 서울로 돌아오고
그들이 교외와 야원에서 얻은 백신을 자랑하지만
삶의 의욕을 파먹는 도시의 내성균들은
백신을 해독하는데 하루가 걸리지 않는다
게으르고 지친 가장들은 오후에 깨어나고
아이들은 골목이나 주차장을 기어 다니며 논다
찔레꽃은 피었다 지는데

동행

나 이제
세월을 그냥 보내진 않으리

내게 왔다가는 세월
그가 비록 길손이라 할지라도
나 세월을 빈손으로 보내진 않으리

언제나 낯선 손님으로 찾아오는
그의 빈 지게에 푸성귀도 얹어주고
내 영혼의 햇살로 영근
햇나락 찧어 실어주고
무엇보다 누구에게도 보여주지 않은
인색했던 나의 사랑
그의 등짐 위에 풀꽃처럼 꽂아주리

내게 왔다 텅 빈 소쿠리로 돌아가던—
내 아버지의 쓸쓸한 뒷모습을 닮은—세월
그 세월이 다시 오면
지나간 길손에 세간살이 다 내주고
아무것도 더는 줄 것이 없을 때

그땐
내 따라 나서서 먼길 길동무로
저 언덕을 함께 넘으리

상실(喪失)

— 1976

여관방 문 앞에
탁주 한 주전자는 족히 들어갈
넙데데한
남자구두 한 켤레

그 옆에 나란히
작고 하얀 발이 담겼던
연분홍 하이힐

바로 옆방에 들어
북북 찢은 죄 없는 오징어 질겅질겅 씹으며
소주나 축내고 있던 스물셋 군복(軍服) 하나

우악스런 손으로 여자의 손목을 비트는지
밤새 여러 번 비명소릴 들으며

왜 여자들은 나쁜 남자들은 졸졸 따라다니는지
세상 여자들은 다 눈이 삔 거라고 탓하며
까닭 없이 억장이 무너지던 밤이 있었습니다

자정(子正)근처

누군가
내 자정 근처 사거리께를
서성거리는 이 있다
제 그림자 무동을 태우고
내 자정의 창문을
기웃거리는 이 있다

모른체하자
눈길도 주지말자
들썩이는 마음을 쥐어박다가

딱, 한번만
딱, 한번만
내어다보면

홀로 제 발등을 비추고 있는
가로등뿐
서성거릴 누군가를 기다리는
내
마음발자국뿐

바뀐 구두

사람이 오나보다
뚜벅뚜벅 생것임을 알리는 구둣발소리
포구에 정박한 고깃배처럼 음식점에 모여들었던 구두들이
배를 가득채운 화물을 싣고 또 떠나간다

나는 가옥명부에 누락된 집이다
구둣발 소리 끊어진지 오랜 골목에서 수군거리는 잡초들
오고 있다는 예감으로만 남아있는
잠시 누군가를 생각하다 다시 고스톱에 열중한다

상가(喪家)에 모여 마구 엉클어진 구두들
흉하게 벌어진 입으로 하품을 하며
고유의 냄새로 통성명을 하고 있다
나는 내 구두가 다른 발과 눈이 맞아
그를 따라갈 거라곤 생각도 못했다
구두들이 제 주인을 데리고 뿔뿔이 흩어지고
제가 데려온 발이 다른 구두를 꿰차고
사라지는 걸 두 눈으로 지켜보았을 구두
소박맞은 여편네처럼 엎어져 뒹구는 구두 한 켤레

그러니까
구두에 발을 집어넣을 수 있을 때까지만 생이 아닌가
일테면 육신은 영혼의 신발이다
신 벗고 들어가면 거기가 피안인데
상주들이 혼 떠난 신발 앞에서 울고 있다

저 구두
상가 집에서 나를 따라온
꾀죄죄한 얼굴로 어처구니없이 쭈그려 앉은 여자처럼
턱을 바닥에 내려놓고 눈치를 보는 무료한 개처럼
낯선 집 현관에서 눈을 껌벅이고 있는
저 구두
어쩌란 말인가? 측은지심 내려다보다가
고무봉다리에 넣어 구둣방으로 들고 간다

오늘따라 밤하늘 별들이 유난히 밝다
고요했던 골목 안으로 처음 듣는 즐거운 발자국소리
또박또박 들어온다

몸 벗어놓고 날다

어디로 바쁘게 가던 길이었는지
어린 새 한 마리 통유리에 머리를 박고 떨어진다
자신의 영토인 하늘을 날다가
돌연히 길을 막아서는 무엇

일으켜주기 전에는 일어나지 않는
돌부리에 걸려 넘어진 철부지 아이처럼
웅크린 새
자, 툭툭 털고 일어나봐! 어서 날아봐!
날개를 펴주고 풀밭 위에 올려주어도
몸은 이제 날지 못한다

어린 새는 이미 몸을 벗었다
푸른 하늘이 날개 속에서 한껏 부풀자
몸 벗어놓고 바람 타는 어린 새를 보았다

죽은 새는 자신이 죽었는지 모른다
아니, 죽었다고 하는 이들은 모른다
몸 밖의 무궁을

사랑법

나 빈집이 되어
무엇이든 들여야겠기
청과전 사과 고르듯 사랑을 찾다가
산길에 들어서니
소나무 고로쇠 상수리 서로 몸 부벼 어우르고
찌르레기 느릅재기 배바리 제 곡조로 햇살을 튀기며
숲 속에서 숨바꼭질하는데
혼자 들어선 산길
어중이떠중이면 어때 모두 다 찾아와
그냥 품안에 모여 살면 그게 행복이지
산은
빈자리란 빈자리 모두 다 내주고도
너털웃음처럼 어깨를 들썩인다
그리하여
새들이 날아와 집을 짓고 알을 까고
고목의 썩은 밑동에서도 새싹이 튼다

멍석바위

산골짝 깊은 계곡 속으로 들어가
인적 없는 개울가 멍석바위에 걸터앉아
눈을 감으면
온갖 삼라만상의 언어로 흐르는
개울물 소리

산나물 뜯어 머리에 이고 잰걸음으로
쑥대밭길 지나가며 수다로운 아낙네들 소리
어디선가 물장구치며 숨넘어가는
어린아이들의 잦은가락 웃음소리
구릿빛 근육으로 찍어내는
대장간 망치소리
새소리 바람소리 듣도 보도 못한
귀신들의 비밀스런 속삭임까지
온몸이 귀가 되어 듣는다.

산골짝 깊은 계곡 속으로 들어가
인적 없는 개울가 멍석바위에 걸터앉아
개울물에 발을 담그면
하얀 맨발을 툭툭 건드리며 비켜 가는

개울물들이 세상 모든 존재의 목소리로
말을 걸어온다.

그런데 그래서 그러니까
하하하 호호호 깔깔깔
어쩌구저쩌구 도란도란 소곤소곤

이름 없는 적막의 친구들이
세상의 비밀스런 이야기를 허리춤에 차고 나와
멍석바위에 둘러앉아
해가 저물도록 돌아갈 줄 모른다.
가뭇없이 세상이 사라진다.

근원적 기억을 통한 성찰과 사랑의 언어

유성호(문학평론가 · 한양대 교수)

1. 존재론적 서정의 심층

이선식 시인의 첫 시집 『시간의 목축』은, 오랫동안 축적해온 '시간'에 대한 융융한 성찰의 기록이자, '시(詩)' 자체에 대한 깊은 사유를 담아 자신에게 던지는 섬세한 자기 탐색의 기록이기도 하다. 등단 12년 만에 내는 첫 시집인 만큼, 이번 시집에는 오랜 시간을 힘겹게 건너온 중년의 한 남자가 가질 법한 깊은 존재론적 서정의 심층이 견고하게 들어앉아 있다. 오랫동안 쓰고 숨기고 새로 고치고 완성한 첫 시집이니만큼 그 외관 역시 남다르게 아득하고 침중하다.

이미 시인은 「시인의 말」을 통해 "부유하던 것들이 침전되고 발효되어/주정처럼 솔솔 향기를 피울 때/마침내

너는 온다."고 말한 바 있다. 여기서 '너'란, 한편으로는 생의 소실점에 존재할 것만 같은 이상적 2인칭을 뜻하는 것이겠지만, 다른 한편으로는 필생을 다해 시인이 가 닿아야 할 '시'의 궁극적 차원이기도 할 것이다. 그런데 그 궁극적인 '너'에 다다르기 위해서는 침전과 발효라는 더디고 느린 걸음이 필요하다. 그렇게 '너'를 만나, '너'와 함께, 자유롭게 죽음을 청하겠다는 결기를 보인 시인의 초상은 그 스스로의 표현처럼 "느리게 느리게/나무다리를 건너가는 이"였던 것이다. 여기서 우리는 이선식 시인이 그토록 느릿느릿 수행해온 기억의 작용을 통해 그 특유의 깊은 성찰과 사랑의 언어를 따라가보려 한다. 그럼으로써 그야말로 오랫동안 가다듬어온 그만의 존재론적 서정의 심층(深層/心層)에 가 닿을 수 있지 않을까 한다.

2. 가파른 존재론적 기원

　이선식 시인은 첫 시집 안에 자신의 존재론적 기원(origin)을 매우 선명하게 담아내고 있다. 누구든 첫 시집에는 자신의 살아온 내력이랄까 성장통이랄까 하는 것들의 서사적 편린들을 갈무리하는 것이 상례인데, 이선식 시인 역시 자신의 살아온 내력과 가족사를 통해 오랜 시간 흔들려온 자신의 깊고도 가파른 존재론적 기원을 새삼 기억해내고 있다. 가령 시인이 "나 대여섯 살 때 울 엄마 손잡고 나물 뜯으러 갔을 때/냉이며 고들빼기 달래를 캐고 있을 때"(「어미」)를 기억하는 순간에는, 단순한 과거 풍경의 재현 욕망뿐만 아니라, 그 시점을 자신의 존재론적 기원으로 삼으려는 시인의 상상적 욕망이 불가피하게 개입하고 있다. 그때 봄을 피격하는 총소리에 놀라 새끼를 품고 언덕 위를 달리던 "멧종다리"의 기억은, 어머니와 자신을 각각 '어미 새'와 '새끼'로 비유하는 동시에, 그 '어미 새'로부터 자신의 깊고 깊은 기원을 찾으려는 이번 시집의 서사적 욕망을 암시적으로 표현하는 것이기도 하다.

우리가 잘 알듯이, 가족 혹은 가족의 삶이란 누구에게나 가장 깊은 기억의 뿌리이자, 지나온 시간을 직접적으로 거슬러오를 수 있는 일차적 실재일 것이다. 이때 시간을 역류하여 거슬러 오르는 '기억'은, 단순하게 과거를 향하는 퇴영적 행위가 아니라, 지난 시간들을 원초적 경험의 형식으로 복원하면서 동시에 그것을 현재의 삶과 연루하고 매개하는 적극적 행위로 몸을 바꾼다. 이선식 시인은 바로 그러한 '기억'의 작용을 통해 자신의 가파른 존재론적 기원을 노래하고 있다.

> 땅농사 버섯농사 작파한 넷째는
> 버섯사(舍)만한 빛더미를 짊어지고
> 사십이 넘도록
> 장가도 들지 못하고 공사장 목수가 되어 떠돈다
>
> 그해, 더 냉혹한 겨울이 오고

고향을 찾은 내 가슴도 혹한이다
휑뎅그렁한 풍경 속에 옹송그린 집들
점령군처럼 갈기를 세운 바람들이 빈 들녘을 점령하고
몇 닢 남은 이파리 혈육을 움켜잡고
허리 굽혀 애원하는 나무들
백기처럼 펄럭이다 바람에 끌려가는 비닐조각들
땡땡 언 몸으로 줄 하나 부여잡고
빨랫줄에 매달려 있는
모진 바람의 추궁을 맨주먹으로 견디는
아버지 어머니 그리고 형제들과 어린 조카들

해는 한 뼘 남짓 기진한 햇살을 뿌리고
이내 밤이 찾아올 것이다
빈 들녘이라도 떼 메고 가겠다고 집달관처럼
흙바람 휘몰아치는데 밤새 혈육들은
서릿발 세우는 겨울밤을 홑겹으로 어떻게 건널까
꺼져가는 등잔불처럼 사위는 마지막 햇살
손수건처럼 빈 논에 떨어지네

—「겨울 귀향」 전문

    대개 귀향 과정에는 원초적 귀소감이나 낭만적 회억(回憶)들이 수반될 때가 많다. 하지만 이 시편에서는 삶의 신산(辛酸)함이 '겨울'의 은유를 통해 번져가고 있다. 시인은 먼저 고향을 지키고 살던 동생의 내력을 전경(前景)으로 끌어들인다. '넷째'로 호명된 그는 농사를 작파하고 빚더미에 올라 장가도 못 가고 목수가 되어 떠돌이로 산다. 이 가파른 내력이 시인의 '겨울 귀향'을 따스한 어미 품으로의 귀환으로 만들지 않고 "내 가슴도 혹한"이라는 기억으로 이어지게 한다. 옹송그린 집들, 빈 들녘, 바람에 날리는 비닐조각들도 그해 '겨울 귀향'의 풍경을 누추하게 비유하고 있다. "바람의 추궁을 맨주먹으로 견디는/아버지 어머니 그리고 형제들과 어린 조카들"은, 이러한 가난과 혹한에도 불구하고 시인이 돌아다보아야 할 삶의 수원(水源)이고 궁극적 거소(居所)인 셈이다. 그곳에 떨어지는 기진한 햇살과 몰아치는 흙바람 역시 "겨울밤을 홑겹으로" 건너야 하는 이들의 애잔한 슬픔을 아득하게 감싸고 있다.

　잘 살펴보면 이 시편은 "떠돎/냉혹함/횅뎅그렁함/옹송그림/빔/굽음/끌려감/엶/모짊/기진함/꺼져감/사윔/떨어짐"이라는 소멸 지향의 용언군(群)에 의해 지탱되고 있는데, 가난한 가계(家系)가 마른 뼈처럼 사실적으로 드러난 이 시편을 통해 시인은 '백기'처럼 펄럭이는 자신의 지난날 내력을 한순간에 구성해 보여준다 할 것이다. 그리고 자신의 현재적 삶의 마디마디마다 엄연히 존재하는 "모진 바람의 추궁을 맨주먹으로" 견뎌온 시간들을 자신의 기원으로 상상하게 된다. 일찍이 멕시코 시인 파스(O. Paz)는 '시의 시간'을 날짜조차 없는 원초적 시간이라고 말한 바 있는데, 이선식 시인에게 '귀향' 과정은, 바로 그 원초적 시간을 향한 상상적 열망을 아프게 동반하고 있다. 그리고 그 상상적 열망의 한가운데 시인의 '어머니'가 계시다.

객지, 바람 찬 하늘을 날다 돌아오면
덩그마니 혼자 기다리는 식은 둥지는 쓸쓸하다

어미들은 무슨 저 지은 업갚음이라도 하는 것처럼
장성한 새끼에게도 죽는 날까지 젖을 물려야 한다고 생각하
는지

해는 이제 겨우 앞산 솔가지에 눈곱을 떼는데
식전바람에 한데 나가 찬물에 손을 담그고 콩을 씻는다

한쪽 가슴을 잃고 하나 남은 가슴마저 말랐으니
물릴 젖이 없으니 콩을 가시는 거다

잉걸불 같던 가슴도 식어 이젠 불씨마저 가물가물
그러니 가마솥 아궁이에 불을 넣으시는 거다

뿌옇게 펄펄 끓는 저 유정(乳井)
간수를 붓고 휘휘 저으니 몽글몽글 유선(乳腺)처럼 뭉치는데

함지 가득 부풀어오르는 가슴이다

식기 전에 어여 먹어라!

유암(乳癌)으로 한쪽 가슴을 잃은 어머니가
오늘은 남은 한쪽마저 대접에 담아 내 앞에 건넨다

반듯하게 각을 세운 가슴을 숟가락으로 푹푹 떠먹는 아침

저물어가는 황혼, 당신의 가슴을 헐어

오늘도 한 켜 또 한 켜 내 안에 옮겨 쌓는

어머니의 건축은 아직 끝나지 않았다

—「두부」 전문

이 시편에서도 혼자 둥지를 지키면서 하늘로 날아가버린 새끼를 기다리는 ‘어미 새’가 비유적으로 등장한다. ‘어미 새’는 언제나 객지를 떠도는 장성한 새끼에게도 죽는 날까지 젖을 물려야 한다고 생각한다. 이러한 ‘어미 새’의 구체적 현신(現身)이 바로 ‘어머니’라고 할 수 있다. 식전바람부터 시인에게 두부를 건네주려고 찬물에 콩을 씻는 어머니, 그 순간 시인의 기억 속에 어머니의 아픈 서사(narrative)가 글썽이며 지나간다. 어머니는 유암으로 한쪽 가슴을 잃고 다른 한쪽 가슴마저 마르고 식어 계시다. 마치 새끼들에게 젖을 물려야 하는 어미처럼, 어머니는 자식에게 물릴 젖이 없어 그 대신 두부를 만드신다. 이때 “뿌옇게 펄펄 끓는 저 유정(乳井)”은 어머니가 잃어버린 가슴의 구체적 대유물(代喩物)이 된다. 두부가 뭉쳐 어머니의 잃어버린 유선(乳腺)이 되고, 어머니는 자신의 부풀어오르는 가슴처럼 살아난 두부 한쪽을 아들에게 건네신다. 그렇게 저물어가는 황혼의 가슴을 헐어 자식의 가슴에 옮겨 쌓는 “어머니의 건축”이야말로, 시인이 ‘두부’에

서 읽어낸 어머니의 침중한 내력이고, 호환할 수 없는 어머니의 존재 방식이고, 시인 자신의 존재론적 기원이 숨 쉬는 어떤 통중 같은 것이다.

이렇게 이 시편에는 멀고 먼 ‘집(고향)’을 향해 느릿느릿 걸어가는 시인의 모습이 선명하고 뽀얗게 담겨 있다. 그래서 시인은 “천천히 가는 법을 잊어버린 사람들의 향수 같은”(「낙타를 타고 간다」) 삶을 견뎌내면서 “바람의 이랑에 씨 뿌려 가꾸는 나는/구름작목반 농부”(「농부」)라고 스스로를 비유적으로 명명한다. 이어지는 ‘두부’ 연작에서도 시인은 “오래전 사라진 가슴을 꼭 그만큼 부드럽게 재현하시는 어머니”께서 “물이 큰 산을 에둘러 흘러가는 이치를/바람이 대지를 넘나드는 이치를/갈대가 바람에 맞서지 않는 이치를 몸으로 다 받았다는 얘기”(「두부 2」)를 세심하게 전해준다. 그 ‘어머니’는 당연히 ‘구름작목반 농부’에게 아프고도 쓸쓸하고도 가파른 존재론적 기원이 아니겠는가.

원래 모든 ‘기억’은, 고고학자의 시선처럼 현재의 지층 속에 화석으로나 있을 법한 과거 풍경을 재현하면서, 동시에 그때의 한순간을 현재 시점에서 구성해내는 원리를 뜻한다. 이선식 시편에서 이러한 원리를 가능하게 하는 것이 바로 ‘가족’인데, 이번 시집에서 가장 견고한 서사적 기둥을 형성하고 있는 것이 바로 ‘가족’을 향한 시인의 복합적인 정서일 것이다. 시인은 자신의 가파른 기원을 탐색하면서 더없이 “애착이 가고 사랑하는 것들”(「바위의 식사」)과 “무슨 그리운 것”(「바위의 식사」)들에 대한 섬세한 기억을 수행한다. 그 중심에 "가슴에 바람만, 차디찬 바람만 쌓이던 어머니"(「꽃샘추위」)와 "가계가 젖은 흙짐처럼 실렸던/아버지"(「거미에 투영된 시절」)가 계시고, 지금 시인은 "그때의 아버지 나이가 되어"(「거미에 투영된 시절」) 고향집 툇마루에서 빛바랜 사진 한 장을 바라보는 자신을 발견하고 있다. 가팔랐지만, 소중하고 아름다운 기원이 아닐 수 없다.

3. 시간에 대한 경험과 기억의 재구성

이선식 시인에게 '시간'이란 객관적이고 물리적 실체가 아니라, 자신의 구체적 기억과 경험 속에 웅크리고 있는 양도할 수 없는 시적 토양이라고 할 수 있다. 우리가 시간을 거슬러오르는 정신의 운동을 '기억'이라 한다면, 그의 첫 시집은 꼼짝없이 '기억'의 시학에 바쳐져 있다. 말할 것도 없이 '기억'이란, 과거적 삶에 대한 사실적 재현과 함께, 현재 시인이 갈망하는 삶의 형식을 고스란히 담고 있게 마련이다. 이제 시인은 이향(離鄕)의 도심에서, 혹은 삶의 외곽을 상징하는 낡은 공간에서, 오래도록 고여 있던 '시간'의 남다른 의미를 발견한다. 그럼으로써 시인은 근본적으로 '시'가 시간에 대한 경험의 형식으로 씌어지고 읽히는 양식임을 선명하게 증언한다. 그만큼 그의 시는 시간에 대한 경험과 기억의 재구성이라는 양식적 특성을 지니면서 전개된다. 이를 통해 시인 자신의 현재형

에 대한 선명한 묘사를 에둘러 수행하고 있는 것이다. 시
집의 표제작을 한번 읽어보자.

청구서가 구인영장처럼 들러붙은 서류를 받아들고 끙끙
거리다가
사무실을 나섰다
어딘가에는 시간의 출구도 있긴 있을 것이란 생각이 들
기도 하다가
사랑을 만날지도 모른다고 거리를 배회하는 개처럼
걷게 하는 건 생에 대한 애착인가
소 엉덩이에 말라붙은 소똥처럼 시간의 엉덩이에 눌어붙
어 있는
이 난감한 생의 한 구간을 나도 누구에겐가 결재 올리고
싶어졌다

매봉역에서 양재역을 지나 강남역까지 목적 없이 걸었다
시계를 빠져나온 시계바늘처럼
그 거리를 시간으로 환산하는 디바이더
두 다리가 시계바늘처럼 째깍째깍 걸어간다

리어카 위에서 하늘로 뻗은 다리들이 양재역에 도착하는
바람 속을 걷고 있었다

봄이 오고 있었다
봄, 분 냄새를 풍기는 시간의 유혹

마치 어느 신이 자신의 정적 속에서 꺼내놓은 것처럼
봄은 신행길처럼 찾아오지만
기억의 가시 끝에 피는 꽃처럼
주기적 통증 같은 것

저 생명보험 출구에서 흘러나오는 시간이 보이지
걱정하지 마라 저 시간이 너를 지켜줄 거야
푸르덴셜생명 앞에서 콧수염을 기른 아버지가
무표정한 얼굴로 늦둥이 아들의 손을 잡고 서 있는 것을
보았다

호명처럼 햇빛의 손끝이 닿는 곳마다 나무껍질 속에서
스멀스멀 알에서 깨어나는 시간의 번식처럼
톡톡 터져 나오는 꽃들
태양은 모든 사물의 실존을 그림자로 기록했고
산고(産苦)속에 태어난 하루 또 하루
삶은 한 발짝씩 죽음 쪽으로 진화해 나아갔다

강남역 부근에서 하반신에 타이어를 입고 기어가는
수평의 시간과 나의 직립의 시간이 교차했다
교차하는 시간의 현에서는 비파소리가 났다

현이 울 때 내 질투가 낳은 불평의 도끼가 발등에 떨어졌다
네 불평은 목초지의 무성한 풀이 발목에 감긴다는 것

세상을 움직여 가는 것은
방마다 걸려 있는 저 둥근 시간
모두들 시계바늘이 가리키는 방향에서 기계처럼 작동했다

주인의 가축들이 우리로 돌아가는 저녁
목초지에 풀어놓은 양(羊)처럼 나는
시간의 우리 안에서 억센 고뇌를 우적우적 씹어 먹었다
─「시간의 목축(牧畜)」 전문

비교적 호흡이 긴 이 작품에서 우리는 시인의 간곡하고
도 선한 성정(性情)과 만나게 된다. 시인은 서류에 붙은 청
구서를 보고 고심하다가 사무실을 나선 도심의 생활인이
다. 그는 '구인영장'이나 '거리를 배회하는 개' 같은 표
현에서 보듯, 일상에 얽매여 살아가고 있다. 하지만 어딘
가에 '시간의 출구'가 있지 않을까 생각하면서 "소 엉덩
이에 말라붙은 소똥처럼 시간의 엉덩이에 눌어붙어 있는"
생의 한 구간을 건너가고 있다. 도심을 천천히 걸으면서
"시계를 빠져나온 시계바늘처럼" 거리를 시간으로 환산
하는 디바이더가 되어서 말이다. 이제 막 봄을 맞는 도시
에서 그는 "기억의 가시 끝에 피는 꽃" 같은 통증과 함께,
산고(産苦)속에 태어난 "삶은 한 발짝씩 죽음 쪽으로 진화
해"가는 것이라는 발견과 만나게 된다. 이렇게 '질투'와
'불평'을 넘어 세상을 움직여가는 둥근 시간과 만나 그
'시간'의 우리 안에서 살아가는 우리의 삶이 '목축'이라
는 은유를 불러오게 된 것이다. 다른 면으로 보면 이 '목

144

축'은 "똑바로 걷는다는 건 두 눈 때문이 아니라/마음이
라는 걸"(「세상의 징검다리를 건너는 사람들」) 깨달아간
시인이, 저녁이 되어 목초지에 풀어놓은 양처럼 "시간의
우리"에서 고뇌하는 모습과도 이어진다. 이렇게 시인은
'시간'에 대한 첨예하고도 근원적인 의식을 견지하면서,
우리 일상의 불모성과 함께 우리가 궁극적으로 가 닿아야
할 시간의 차원에 대한 고뇌와 사유를 표현하고 있다. 간
곡하고도 선한 성정에서 묻어나오는 '목축'에의 고뇌와
의지가 잘 전달되는 작품이라 할 것이다.

　두루 잘 알고 있듯이, 우리가 한 편의 시를 읽는 까닭은
그 안에 빠져들면서 동시에 남루한 일상에서 빠져나오기
위함일 것이다. 그것이 그냥 단순하게 빠져나오는 것이
아니라 더 깊은 곳을 경험하고 다시 되돌아가기 위해 빠
져나오는 것이라면, 이선식 시인의 탈(脫)일상 시편들은
더 깊은 시간의 차원으로 육박하기 위한 장치를 단단하게
갖추고 있다 할 것이다. 아닌 게 아니라, 다음 시편에서 시
인은 기억 속에 오래 눌어붙어 있는, 깊은 시간의 차원을
만난다.

　　역전다방 모퉁이 홀로 앉아서
　　오지 않는 그를 기다린다
　　시간은 내 안타까운 마음을 뿌리치고
　　내 가슴의 어두운 플랫폼으로부터 떠나간다

　　동행하기로 한 그는 아직 오지 않았다

뿌리내린 말뚝처럼 혼자 떠나지 못하고
역전다방 모퉁이 고인 물처럼
동심원의 파문으로 나타날 그를 기다린다

하나 둘 또는 삼삼오오
어디론가 떠나기 위해 잠시 머무르는
역전다방
배정된 시간표에 따라 보따리를 챙기고 계산을 끝내고
긴 터널을 빠져나가면 아침해가 기다리는 곳으로
구겨진 영수증을 흘리고 그들은 떠나간다

그는 영영 오지 않을지도 모른다
오지 않음으로써 기다림은 길을 잃고
증발한 행선지
촉촉이 내 협곡을 적시던
증발한 설레임의 밤벌레소리

열차는 떠나고 내 기다림의 목적도
텅 빈 객차거나 화물칸 어디엔가 실렸다
광장에 분주히 오가던 사람들도
하나 둘 증발하듯 사라지고
텅 빈 사내 하나 텅 빈 광장을 가로질러
세상 속으로 다시 가라앉고 있다

—「역전다방」 전문

‘역전다방’ 이라는 공간은 오래고 낡은 시간의 페이소스를 비유적으로 함유한다. 그곳은 모퉁이처럼 외진 곳에 있을 것이고, 그곳에는 늘 홀로 누군가를 기다리는 사람이 있을 것이다. 시인 역시 어떤 시간이 자신의 마음을 뿌리치고 떠나간 기억을 가지고 있다. 같이 떠나기로 한 사람은 오지 않고, 자신 혼자 떠나지도 못하고, 역전다방 모퉁이에서 그 기다림은 지속된다. 어디론가 떠나기 위해 잠시 머무르는 그 ‘역전다방’ 에서의 기다림은 오히려 그가 오지 않음으로써 완성되는 것이다. 기다림도 설레임도 증발해버리고, 분주히 오가던 사람들도 사라지고, 결국은 세상 속으로 다시 가라앉는 풍경만이 역전다방에 아득하게 펼쳐질 때고, ‘시간’ 은 아프고도 애잔한 질감으로 시인의 기억 속을 흐른다.

이처럼 “어느 한 생이 찾아낸 흙냄새와 풍경의 기억”(「데자뷰(Deja Vu)」)을 선연하게 시화(詩化)하고 있는 시인은, “모든 것이 가라앉고 시간의 흐름마저/고요해질 때”(「비에 젖다」) 곧 “사랑이 세상의 길을 내는 거라고 생각하던 시절”(「몽환(夢丸) 한 알 주세요!」)을 기억하면서 그것을 시 안쪽으로 적극 불러들이고 있다. 이때 지나간 시간은 현재적 감각으로 되살아나 충만한 현재적 실재로 다가온다. 이는 시간의 불가역성(不可逆性)을 거스르는 역동적 상상의 과정으로서, 시 안에서만 특권화된 시간의 재현 과정이다. 이선식 시인은 이러한 역동적 상상을 통해, ‘시간’ 이 얼마나 종요로운 시의 질료요, 남다른 기억을 구성하는 인자인가를 실증하고 있는 것이다.

4. 풍경과 성찰의 기록

그동안 자신의 존재론적 기원과 시간의 형식으로서의
기억을 줄곧 형상화해온 시인은, 한편으로는 가장 객관화
된 창(窓)으로 시선을 옮겨 심미적 풍경을 부조(浮彫)하기
도 한다. 그것들은 사실적인 풍경이기도 하고, 우리 모두
의 마음 속에 웅크리고 있는 근원적 풍경들이기도 하다.
말하자면 그 풍경들은 근원을 사유하고 지향하는 시인의
마음이 투사된 등가물이면서, 동시에 시인 자신을 향해
가는 성찰의 과정에서 채택되고 실현된 상관물이기도 하
다. 다음 시편의 풍경이 그러하다.

사흘 밤낮을 눈이 내리면 무릎까지 빠졌다
하루 두 번 오는 버스도 끊어지고
멧새들이 인가로 오느라 흐린 별처럼 눈 덮인 들판을 가로질
렀다
그런 날 밤이면 젖내를 맡은 여우들이 아이들이 있는 집 뒤울
에 와서 울었다
배고픈 여우들이 연한 살을 내놓으라고 쉰 목소리로 울던 날
이면
어른들은 어긋난 삶처럼 아귀가 맞지 않는 문을 철커덕 열었
다 닫으며
고함을 질러댔고 달아났던 여우가 눈밭을 어슬렁거리다 다
시 와서
제가 낳은 것을 다른 입에 넣어주는 것이 이 땅의 약속이라고

굶주린 울음 소리로 밤의 문창을 물어뜯었다

　제사가 있던 날은 면서기였던 아버지가 북쪽 산간지방에서
는 나지 않는
　제수로 쓸 연시를 자전거 꽁무니에 매달고 막걸리 한잔 걸치
고 밤길을 달렸는데
　어디가 길이고 어디가 구렁인지 분간할 수 없는 눈길을 달렸
는데
　앞뒤로 획획 자전거를 중심으로 원을 그리며 혼을 빼던 여우
　아버지는 낡은 생의 자전거를 타고
　여우가 처놓은 수십 개의 올무를 용케도 빠져나오셨다
　정신없이 달려 마당에 들어서서 보니 자전거 뒤에 동여맸던
감 봉지는 터지고
　빈 봉지 속엔 찬바람에 쫓기던 눈만 겁에 질려 하얗게 떨고
있었다는데

　멧새들도 여우들도 사람들도 다 배가 고팠던 그 시절엔
　곯은 배창자 속을 무며 고구마로 채워 달래며 긴 겨울밤을 건
너갔는데
　이젠 그 옛날 사람들도 다 어디로 갔는지 보이지 않고
　여우들은 또 다 어디로 가버렸는지 세상이 맥없이 슴슴해졌다
　간혹 도시에서 눈을 만날 때면 샤갈의 마을에 내리는 눈처럼
　내 가슴 속에서 옛날 풍경들이 옛 사람들이 여우들이 걸어 나와
　눈보라 치며 찬바람이 부는 쓸쓸한 거리를 웅성거리며 지나
가고

곽곽 거리며 여우들이 마을로 내려와 밤새 울다가곤 하였다

　이제 아버지는 배고픈 여우들이 살던 산으로 가시고
　이렇게 눈이 푹푹 빠지는 날이면 아버지의 유택에서도 불빛
이 새어나올 것만 같은데
　산집을 나서서 부모님을 만나러 육십 년 세월 건너가는 노 젓
는 소리 들릴 것만 같은데
　벌써 만나 한 식구를 이루어 애기꽃을 피우느라 두런두런 말
소리가 들리는 것만 같은데
　산집은 비어서 눈이 푹푹 쌓이고 들어가는 길이 다 지워진
먼, 아주 먼 곳이어서
　나 이제 이승의 눈[目]으로는 찾아갈 수가 없네

―「눈 오는 밤」 전문

　이 시편은, 지난날 눈 오는 밤에 대한 애틋한 실사(實寫)
이자, 기억 속에서 이루어지는 상상적 묘사이기도 하다.
하루에 겨우 두 번 오는 버스도 끊어진 적적한 들판, 그 눈
길을 멧새들이 가로지르고, 여우들은 집 뒤울에 와서 울
고 있다. 굶주린 여우가 계속 울던 밤, 면서기 아버지는 제
수로 쓸 연시를 달고 "낡은 생의 자전거"를 타고 오시다
가 여우를 만나 간신히 피해 오신 기억을 남기셨다. 이제
그것도 다 "내 가슴 속에서 옛날 풍경들"이 되어버린 지
금, 생각해보면 그것은 멧새들도 여우들도 사람들도 다
배가 고팠던 시절의 이야기가 아닐 수 없다. 하지만 이제
그 옛날 가난한 생을 이어가던 사람들도 여우들도 사라지

고 맥없이 슴슴해지는 세상만 덩그러니 남았다고 생각하니, '눈 오는 밤'은 가난과 시원(始原)이 동시에 숨쉬는 근원적 회귀의 공간으로 새삼 살아나오게 된다.

순간 공간이 바뀌어 도시에서 눈을 만나 시인은 "샤갈의 마을에 내리는 눈"처럼 가슴 속에서 옛날 풍경들이 살아나옴을 느낀다. 결국 '아버지'는 여우들이 살던 산으로 가시고, 시인은 "눈이 푹푹 빠지는 날이면 아버지의 유택에서도 불빛이 새어나올 것만 같은" 느낌과 함께, 아버지가 오랜 세월을 사무치게 그리워하셨던 당신의 부모님을 만나 얘기꽃을 피우는 소리가 들릴 것만 같은 환각을 경험한다. 그렇게 눈이 푹푹 쌓이고, 들어가는 길도 지워진 "아주 먼 곳"에서, 시인은 "이제 이승의 눈[目]으로는 찾아갈 수" 없는 깊은 기억 속으로 들어가는 것이다.

이 작품에는 백석 후기 시편의 어법과 호흡을 닮은 표현이 여럿 잠복해 있다. 「국수」의 슴슴함이 있고, 「나와 나타샤와 흰 당나귀」의 푹푹 내리는 눈도 숨어 있다. 그리고 김종길의 「성탄제」처럼 공간이 바뀌면서 생성되는 부모님에 대한 아련한 기억도 있다. 선행시편에 대한 강렬한 기억의 잔영이 '눈'이라는 대상과 '기억'이라는 작용을 통해 창조적으로 결속한 경우라 할 것이다. 역동적 상호텍스트성의 한 사례로 읽을 만하다. 다음 시편에서도 '눈[雪]'이 내린다.

눈보라를 뚫고
밤열차가 달린다

인적 드문 아주 먼 어두운 골짜기까지
저 열차는 외로운 마음들을 싣고 갈 것이다

헐벗은 숲에서 눈을 맞을 멧새들은
어느 먼 숲에 서성이는 마음을 두었을까

한 마음이 한 마음을 향해 뒤척이다 어둡자
퍼붓는 눈

마음 둔 곳을 찾아가는 사람들이 있어
눈보라를 뚫고
여섯 량의 갈기 푸른 말이 달린다

— 「눈과 열차」 전문

눈보라를 뚫고 달리는 밤열차는 그 자체로 상상적인 탈주와 열망을 상징한다. 인적 드문 "아주 먼 어두운 골짜기"까지 외로운 마음들을 싣고 달리는 열차는, "헐벗은 숲에서 눈을 맞을 멧새들"의 서성이는 마음과 함께, 퍼붓는 눈을 뚫고 마음 둔 곳을 찾아가는 사람들을 싣고 달린다. 그 눈보라 속의 열차는, 어느새 푸른 갈기를 휘날리며 달리는 "여섯 량의 갈기 푸른 말"로 은유되고 있는데, 이때 '갈기'는 시인의 서정을 유약한 감상이나 과잉으로 흐르지 않고 '결기' 어린 서정이 되게 하는 원형질로 작용하고 있다.

여기서 열차가 달리는 배경으로서의 '눈'은, "용서를 모르고 살아온 절벽의 생애 앞에/보란 듯이 단애를 뛰어내리는 눈보라"(「폭설—용서론 강좌」)처럼 고난과 성찰의 계기를 가능하게 하는 계시적 순간을 상징적으로 함의한다. 눈 속에서 시인은 오래도록 "의지 없이 떠도는/삶으로부터의 유랑"(「적막강산」)을 치르고, "구도의 길처럼 희원의 지팡이 하나로 정처 없이/길을 떠나는"(「숲에서 길을 묻다」) 상징 제의(ritual)를 거듭한다. 그 '유랑'과 '구도(求道)'의 상징 제의는, 신성한 풍경을 통해 성찰의 기록을 남기려는 시인의 사유 방식을 구체적으로 드러낸 것이 아닐 수 없다.

5. 사랑의 완성

이렇게 가족사 속에서, 일상과 탈일상 속에서, 구체적이고 상상적인 풍경과 성찰 속에서, '기억'의 언어를 단단하게 여며온 이선식 시인은, 자신의 궁극적 시학을 '사랑'으로 이어간다. 결국 이선식 시학은 '시간'과 '성찰'과 '사랑'이 대등하게 결속하고 있는 '기억'의 통일체이다.

언젠가 그는 "지금 나는 깨진 항아리/조바심이 사라진 깨진 항아리의 완벽하게 편안한 자세 위로/바람이 잠시 고였다 가고 사금파리 위에 날아와 앉는/나비 같은 자유가 전 재산"(「나는 물항아리이다」)이라고 고백한 바 있다. 비록 아무것도 담을 수 없는, 아무짝에도 쓸모 없는 깨진 항아리이지만, 그는 "기쁨이 슬픔의 마디라는 걸"(「은화식물」) 회한 속에 발견해가고, "육신은 영혼의 신발"(「바뀐 구두」)이며 자신은 영혼의 힘을 다해 "몸 밖의 무궁"(「몸 벗어놓고 날다」)을 향해 날아가고 있음을 다짐하고 고백한다. 그 결과 "온몸이 귀가 되어"(「멍석바위」) 신성하고 근원적인 '침묵의 소리(sound of silence)'를 듣게 되지 않는가. 이러한 남다른 의지와 다짐이 시인으로 하여금 지나간 시간과 화해하면서, 궁극의 사랑을 완성하려는 태도로 나아가게 하는 것이다.

나 빈집이 되어

무엇이든 들여야겠기

청과전 사과 고르듯 사랑을 찾다가

산길에 들어서니

소나무 고로쇠 상수리 서로 몸 부벼 어우르고

찌르레기 느릅재기 배바리 제 곡조로 햇살을 튀기며

숲 속에서 숨바꼭질하는데

혼자 들어선 산길

어중이떠중이면 어때 모두 다 찾아와

그냥 품안에 모여 살면 그게 행복이지

산은

빈자리란 빈자리 모두 다 내주고도

너털웃음처럼 어깨를 들썩인다

그리하여

새들이 날아와 집을 짓고 알을 까고

    고목의 썩은 밑동에서도 새싹이 튼다

— 「사랑법」 전문

　이선식 시인은 스스로 '빈집' 이 되어 무엇이든 들이듯이 '사랑' 을 찾아간다. 그리고 산길에 들어 온갖 자연 사물과의 화창(和唱)에 참여한다. 이때 자연 세목들은 서로 몸 부벼 어우르고 제 곡조로 노래한다. 산은 빈자리 모두 다 내주고 스스로 행복에 겹다. 새들도 날아와 집을 짓고 일가를 이룬다. 온갖 사물들이 이루는 물활의 상상적 정점에서 시인은 '고목의 썩은 밑동' 같은 소멸의 자리에서 새롭게 움트는 생명의 경이를 바라본다. 이 소멸과 생성의 혼연한 공존과 대체(代替) 속에서 시인의 사랑법은 설계되고 완성된다. 말할 것도 없이 그 '사랑' 은 "언제나 낯선 손님으로 찾아오는/그의 빈 지게에 푸성귀도 얹어주고/내 영혼의 햇살로 영근/햇나락 찧어 실어주고/무엇보다 누구에게도 보여주지 않은/인색했던 나의 사랑/그의 등짐 위에 풀꽃처럼 꽂아주리"(「동행」) 같은 자신과 타자를 향한 새삼스럽고도 굳은 다짐과 단단하게 연결되고 있다.

　지금까지 우리가 읽어온 이선식 시편의 화자는 곧 시인 자신이었다. 그만큼 그는 투명한 고백과 증언과 자기 탐색이 시인이다. 그는 "내 땅 내가 부쳐 먹는데도 출입증을 보여줘야 내 땅에 들어갈 수"(「민통선」) 있는 곳에서 태어나, "내 걸음에 크게 걸려 넘어져 여기까지"(「대성암에서」) 온 생의 내력을 고백하고, "세상은 저렇게 많은 섬으

155

로 이루어져 있을 거란 생각과/깊이를 알 수 없는 안개의 바다를 건너야 마침내/아름다운 섬에 닿을 수 있다는 것" (「태백 가는 길에」)에 대한 깨달음을 증언하고, 이제 "어느 먼데서 나는 여기까지 왔나/나도 명의 골목을 떠돌다 이 몸에 깃든 것인데/내가 살아온 것도 하나의 유전하는 만행이라 생각하니"(「북평장에서」)라는 자기 탐색을 수행한다.

그가 보여주는 이러한 고백과 증언과 탐색은 일종의 '명상적 사유'를 동반하면서 펼쳐진다고 할 수 있다. 일찍이 하이데거(M. Heidegger)가 언급한 '명상적 사유(besinnliches Denken)'란, '기억'을 통해 '존재'에 대한 새로운 경험을 치르는 상상적 과정을 뜻한다. 그렇게 이선식 시편들은 단조로운 '지속'보다는 빛나는 '순간'을 통해 존재의 본질과 만나려는 상상적 의지로 가득하다. 그 상상적 의지를 통해 드러나는, 근원적 기억을 통한 성찰과 사랑의 언어에서, 우리는 따스한 '정서적 연루(emotional involvement)'를 형성하면서, 한 중년 시인의 첫 번째 발화(發話)를 고요하고도 느릿느릿 듣고 있는 것이다.